COLLECTION FOLIO

Yukio Mishima

Après
le banquet

*Traduit du japonais
par G. Renondeau*

Gallimard

Titre original :
UTAGE NO ATO

© *Yukio Mishima, Japan, 1960.*
© *Éditions Gallimard, 1965, pour la traduction française.*

Au lendemain de la dernière guerre, Kazu, une femme d'origine paysanne, propriétaire d'un grand restaurant de Tôkyô, « L'Ermitage pour la contemplation de la neige tombée », a gardé, malgré la cinquantaine, une grande beauté. Sa clientèle se compose de personnalités de la diplomatie, de la politique et de la finance, en général conservateurs. A l'occasion d'un banquet d'ambassadeurs en retraite, Kazu fait la connaissance d'un ancien ministre, Noguchi. Elle, qui se croyait à l'abri des aventures amoureuses, s'éprend de l'ancien diplomate et finit par l'épouser tout en conservant la direction du restaurant. Son mari, intellectuel, idéaliste, se met à soixante ans à faire de la politique et soutient les idées de réforme politique et sociale. Il pose sa candidature au siège de préfet de la capitale. Kazu finance sa campagne électorale, mais il est battu par les conservateurs. Kazu ruinée, Noguchi lui fait vendre « L'Ermitage », déménage en banlieue pour y mener une modeste existence de retraité. Mais Kazu ne peut se résoudre à accepter ce genre de vie auprès d'un mari avec lequel elle a eu des difficultés à s'entendre et qui la rabroue. Elle préfère renoncer à un des privilèges que lui donne son état de femme mariée : avoir des parents pour prier sur sa tombe après sa mort. Elle choisit de se séparer de son époux, n'hésite pas à se remettre au travail et, grâce à l'aide de ses anciens amis et clients, elle peut rouvrir son restaurant.

Yukio Mishima (pseudonyme de Kimitake Hiraoka) est né en 1925 à Tôkyô. Son œuvre littéraire est aussi diverse qu'abondante : essais, théâtre, romans, nouvelles, récits de voyage. Il a écrit aussi bien des romans populaires, qui paraissaient dans la presse à grand tirage, que des œuvres littéraires raffinées. Il a joué et mis en scène un film qui préfigure sa propre mort.

Il avait obtenu les trois grands prix littéraires du Japon. Il avait écrit son grand œuvre, une suite de quatre romans qui porte le titre général de *La Mer de la fertilité*. En novembre 1970, il s'est donné la mort d'une façon spectaculaire, au cours d'un *seppuku*, au terme d'une tentative politique désespérée qui a frappé l'imagination du monde entier.

1

*L'Ermitage pour contempler
la neige tombée.*

L'Ermitage se trouvait sur une hauteur de la région si accidentée de Koishikawa[1]. Il avait été heureusement épargné par la guerre. Ni son jardin renommé, dessiné dans le style de Kobori Enshû[2] et qui s'étendait sur un hectare, ni un portail apporté d'un temple célèbre de Kyôto, ni une entrée et un pavillon pour visiteurs, transportés d'un vieux temple de Nara dans l'état où ils se trouvaient, ni le grand salon construit plus tard, rien n'avait souffert.

Dans la confusion qui résulta de l'établissement de taxes sur les propriétés après la guerre, l'Ermitage passa des mains d'un homme engagé dans de grandes affaires et amateur de cérémonie de thé, dans celles d'une jolie femme pleine de dynamisme et devint rapidement un restaurant réputé.

La nouvelle propriétaire s'appelait Fukuzawa Kazu.

1. Koishikawa : un quartier de Tôkyô.
2. Kobori Enshû (1579-1647), daimyô qui se distingua dans toutes les branches de l'art et créa une école de cérémonie du thé.

Sous un extérieur ravissant Kazu avait une note de rusticité. Elle était toujours débordante de force et d'enthousiasme. Les hommes au cœur compliqué avaient honte de l'embrouillement de leurs sentiments quand ils se trouvaient en présence de Kazu. Les découragés se demandaient en la voyant s'ils ne retrouvaient pas un stimulant ou si, au contraire, ils n'étaient pas tout à fait annihilés. Par une faveur du ciel, cette femme unissait à une résolution toute masculine un caractère féminin qui poussait la passion jusqu'à l'aveuglement. Cette combinaison lui permettait d'aller plus loin qu'un homme dans ses décisions.

Sa nature, d'une absolue limpidité, totalement inflexible, était simple et belle. Depuis le temps de sa jeunesse, elle aimait mieux aimer que d'être aimée. Elle cachait plus ou moins, sous une rusticité naïve, la volonté de n'en faire qu'à sa tête. Diverses machinations sournoises de personnes de peu qui étaient dans son entourage restèrent sans effet sur elle et sa nature se développa librement dans une honnêteté sans limites.

Depuis longtemps elle avait de nombreux amis qui n'étaient pas ses amants. Nagayama Genki, un politicien conservateur actif dans les coulisses était son ami depuis un temps relativement récent. Il aimait Kazu, qui avait vingt ans de moins que lui, comme une sœur cadette.

— Cette femme-là est d'un modèle que l'on voit rarement, avait-il l'habitude de dire. Elle fera un jour des choses extraordinaires. Si on lui disait de bouleverser le Japon, cela ne lui paraîtrait pas impossible. Si elle était un homme, on la traiterait d'aventurier mais comme elle est une femme, tout ce qu'on peut dire, c'est qu'elle est douée ; le jour où un homme lui inspirera un véritable amour, elle fera explosion.

Quand les propos de Genki furent rapportés à Kazu, elle ne les prit pas mal, mais quand elle se trouva face à face avec lui elle lui dit :

— Monsieur Nagayama, vous ne gagnerez pas mon amour de cette manière. Quand on m'aborde avec une confiance en soi exagérée, il n'y a rien à faire de moi. Vous savez juger les gens, mais vous ne savez pas faire la cour à une femme.

— Je ne pense pas à te faire la cour ainsi. Si jamais je te faisais la cour c'en serait fait de moi, répondit le vieux politicien avec dépit.

L'Ermitage était à la mode et l'entretien de son parc était coûteux. Le salon du Pavillon des invités faisait face au midi et donnait sur l'étang dit du Sud-Est. Dans les fêtes données pour contempler la lune, c'est cet étang qui était la partie importante du jardin. Sur le pourtour du parc s'élevaient de vieux arbres splendides qui n'avaient guère leurs pareils dans Tôkyô. Des pins, des châtaigniers, des ormes, des chênes s'y dressaient majestueusement. Dans les intervalles qu'ils laissaient entre eux on apercevait un ciel que ne déparaient pas les constructions nouvelles de la capitale. Sur les hautes branches d'un pin particulièrement élevé un couple de milans avait depuis longtemps établi son nid. Toutes sortes d'oiseaux venaient en passant faire une visite au parc. En particulier, au moment des migrations, ils s'abattaient comme des nuées, descendant des paulownias sur la vaste pelouse pour y picorer les insectes dans un vacarme assourdissant de pépiements.

Chaque matin, Kazu se promenait dans le parc. Chaque fois elle attirait l'attention du maître jardinier sur quelque point. Certaines de ses observations étaient justifiées; d'autres l'étaient moins, mais ces observations faisaient partie de sa routine quotidienne et contribuaient à sa bonne humeur; aussi le vieux jardinier à la longue expérience n'osait-il la contredire.

Kazu parcourait le jardin; n'étant pas mariée, elle y trouvait un parfait plaisir physique et une occasion de méditer en toute liberté. Toute la journée, elle bavardait, elle chantait; elle n'était jamais seule. Elle avait beau être habituée à recevoir des visiteurs, elle finissait par être fatiguée. Sa promenade matinale lui donnait la preuve que son cœur apaisé n'était plus troublé par l'amour. « L'amour n'embarrasse plus mon existence. » Tout en admirant combien les rayons d'un soleil splendide qui passaient entre les arbres encore plongés dans la brume faisaient ressortir le vert de la mousse qui tapissait son chemin, Kazu se sentait pénétrée de cette vérité un peu mélancolique.

Il y avait longtemps qu'elle était éloignée des pensées d'amour. Le souvenir de son dernier amour remontait déjà loin. « Je suis devenue invulnérable à tous les dangers de l'amour », disait-elle.

Ces promenades matinales étaient pour elle un

hymne à la tranquillité de son cœur. Elle avait plus de cinquante ans, mais elle était restée belle, ayant conservé un teint splendide et un regard lumineux. En la voyant flâner dans le vaste parc on aurait pu se dire qu'elle était dans l'attente d'une aventure amoureuse. Pourtant les aventures étaient finies, les poèmes étaient morts, cela, Kazu le savait mieux que personne. Naturellement elle était consciente de toute l'énergie en réserve chez elle, mais en même temps, elle savait bien que cette énergie était emmagasinée et domptée et qu'elle ne romprait plus ses chaînes pour s'échapper.

Le vaste parc et les terrains sur lesquels s'élevaient les constructions, son compte en banque et des titres, de généreux et puissants clients du monde de la politique et de la finance, assuraient les vieux jours de Kazu. Jusque-là elle n'avait eu aucun souci du fait de paroles désobligeantes ou de cancans. Elle avait dans le monde de solides appuis ; elle était par tous hautement considérée. Elle s'astreignait à une vie pénible en la masquant par des occupations raffinées. Elle se préparait pour l'avenir une succession convenable, en dépensant largement pour ses voyages, ses relations mondaines, ses pourboires. Elle pouvait passer le reste de ses jours sans avoir besoin de rien.

Quand ces pensées occupaient son esprit et ralentissaient sa marche, Kazu s'asseyait près du portail sur le banc disposé pour les invités après la cérémonie du thé ; elle contemplait la mousse verte humide de rosée que venait baigner le soleil matinal et regardait voleter les oiseaux.

Quand elle était là, ni le roulement des tramways, ni les avertisseurs des autos n'arrivaient à ses oreilles; elle se trouvait dans un paysage de silence. Pourquoi les passions dont elle avait brûlé s'étaient-elles évanouies sans laisser de traces ? Kazu n'en saisissait pas la raison. Qu'était devenu ce qui la possédait tout entière ? Elle ne savait. On dit que l'homme arrive à la maturité grâce à l'accumulation d'expériences variées; elle pensait que c'était un mensonge. Les hommes ne peuvent se comparer qu'à des canaux souterrains qui charrient les choses les plus diverses, ou encore aux dalles qui recouvrent ces rigoles aux carrefours et où toutes les voitures qui passent ont laissé leurs traces; mais les rigoles tombent en ruine et les dalles s'usent. Pourtant le carrefour avait connu des fêtes, jadis.

Il y avait longtemps que Kazu n'avait fait l'expérience d'un aveuglement. Comme dans ses contemplations matinales, elle voyait toutes choses avec des contours nets; rien n'était obscur pour elle dans ce monde. Elle pensait qu'elle voyait exactement tout ce que les hommes avaient dans l'esprit. Il n'y avait plus beaucoup de choses dont elle pût avoir peur. Même quand un homme trahissait un ami par intérêt, elle pensait que c'était courant; même si un autre échouait dans ses entreprises parce qu'il était égaré par une femme, elle croyait que le cas était fréquent. En tout cas, elle était sûre d'une chose : de tels malheurs ne l'atteindraient jamais.

Quand un homme consultait Kazu sur ses affaires amoureuses elle lui donnait rapidement de bons conseils. Elle rangeait les cas de psychologie humaine dans plusieurs dizaines de tiroirs. A n'importe quelle question épineuse elle répondait grâce au grand nombre de combinaisons touchant les passions. Il n'y avait que cela qui apportait des complications dans la vie. Tout cela était régi par un nombre limité de règles établies. Kazu était en la matière une experte en retraite, ce qui la mettait en mesure de donner à chacun un avis judicieux. Aussi méprisait-elle ce que son époque prétendait présenter de nouveau. Quelque nouvelle que pût être la situation dans laquelle il se trouvait, un homme pouvait-il échapper à la loi qui régit les passions depuis toujours ?

Kazu parlait souvent de « la manière de faire de la jeune génération ». « Les vêtements ont changé, mais le goût est resté le même depuis les temps jadis, les jeunes ont le tort de croire que l'expérience qu'ils font pour la première fois est une expérience nouvelle pour le monde. Les dérèglements sont semblables à ceux du passé, mais comme on les regarde aujourd'hui avec des yeux moins sévères que jadis, les jeunes doivent se livrer à des excentricités de plus en plus grandes pour frapper l'attention. » Ce n'était là que banals lieux communs, mais qui prenaient toute leur force en sortant de la bouche de Kazu.

Quand elle était assise sur le banc, elle aimait à tirer une cigarette de sa manche et à fumer. La fumée flottait dans la lumière du matin et, comme il n'y avait pas de vent, elle restait suspendue en l'air, lourde comme un voile de taffetas. C'est un plaisir que n'aurait sûrement pas connu une femme chargée de famille mais que pouvait se permettre Kazu vivant seule dans son existence tranquille. Même si elle avait beaucoup bu la veille, Kazu, d'une santé robuste, ne se rappelait pas avoir trouvé mauvais goût à son tabac.

Sans l'apercevoir de son banc, le panorama du parc tout entier était gravé profondément dans son esprit ; elle en connaissait par cœur les moindres recoins, les grands arbres à glu au centre du parc, d'un vert noir comme de l'encre, leurs petites feuilles épaisses et brillantes, la vigne sauvage qui s'entremêlait aux arbres derrière la maison, la vue étendue que l'on avait sur la pelouse vis-à-vis du salon, les humbles lanternes de pierre devant la maison, les bambous nains serrés autour de l'île où s'élevait la pagode à cinq étages... Dans le parc, les moindres buissons, les plus petites fleurs ne venaient pas au hasard. Tout en fumant, les détails exquis du parc recouvraient dans l'esprit de Kazu toutes sortes de souvenirs. Elle regardait ce parc comme elle regardait le monde, mais de plus, elle l'avait à elle.

2

La Société Kagen.

Un certain ministre dit à Kazu : « A partir de cette année, c'est ici que j'organiserai la réunion habituelle de la Société Kagen. » C'était une association d'anciens ambassadeurs à peu près contemporains qui se réunissaient chaque année le 7 novembre. Jusque-là le choix de leur lieu de réunion n'avait pas été heureux. Le ministre lui dit qu'il en avait assez.

— Ces messieurs sont des retraités distingués, dit le ministre. Un seul cependant n'est pas complètement à la retraite. Vous le connaissez. C'est le vieux Noguchi, si célèbre, qui a été ministre tant de fois. Cet homme est devenu, pour quelle raison je ne sais, député du parti réformateur et puis il a été battu aux dernières élections.

C'est au cours d'une garden-party organisée par le ministre que Kazu entendit ces propos : elle ne put en écouter tranquillement davantage. Au lieu des volées des petits oiseaux habituels, une nuée de gros oiseaux variés s'était abattue dans le parc de l'Ermitage ; de nombreux étrangers, hommes et femmes, étaient présents.

Le 7 novembre approchait, Kazu songea aux préparatifs. Il fallait recevoir de tels invités avec honneur. Une réception familière, aux conversations légères, pouvait amuser des gens arrivés et à la page, en revanche elle risquait de froisser dans leur fierté des personnes qui avaient jadis connu les succès dans le monde mais qui étaient aujourd'hui retirées dans la solitude. Pour recevoir ces vieillards, il lui suffirait de les écouter avec attention. Ensuite, en les entretenant dans une conversation apaisante comme un massage, il faudrait faire naître dans leur esprit l'impression agréable que leur gloire de jadis était revenue.

Le menu de l'Ermitage ce soir-là était le suivant :

Potage : Miso[1] blanc avec des champignons et de la pâte de sésame.
Poisson cru : Médaillons de seiche avec jus de bigarade et persil.
Entrée : Truite de mer aux praires rouges, piments verts et bigarade.
Hors-d'œuvre : Caille rôtie. Langouste. Noix de coquilles. Choucroute de rave. Bourgeons de réglisse.
Bouilli : Canard aux pousses de bambous, fécule.
Poisson : Paire de barbillons et pagre grillé au sel. Bigarade.

---

1. *Miso :* pâte de haricots de blé ou de riz, salée, qui joue un grand rôle dans la nourriture japonaise.

Dessert : Gâteau de marrons et pousses de fougère. Prunes confites.

Kazu portait un kimono gris souris à petits dessins à la mode de Edo, retenu par une ceinture violet antique, ornée de chrysanthèmes et de châtaignes d'eau avec des foudres ; l'agrafe de cornaline de la ceinture était ornée d'une grosse perle noire. Elle avait choisi ce kimono parce que, très ajusté, il amenuisait son corps replet.
Le jour était clair et chaud. La lune n'était pas encore dégagée. A ce moment arriva Noguchi Yûken, qui avait été ministre des Affaires étrangères et qui accompagnait Tamaki Isatomo, ancien ambassadeur en Allemagne. Comparé à Tamaki, à l'aspect florissant, Noguchi, maigre, avait pauvre apparence. Pourtant, sous ses cheveux argentés, ses yeux clairs et vifs étaient pénétrants. Qu'au milieu des anciens ambassadeurs en Europe qui s'assemblaient peu à peu, lui seul ne fût pas encore à la retraite, Kazu en voyait la raison dans l'éclat de son regard qui révélait son tempérament idéaliste. La réunion était animée, de caractère mondain, mais tous les sujets de conversation se rapportaient au passé. Celui qui bavardait le plus était Tamaki.
La réunion se tenait dans le salon du Pavillon des invités. Tamaki était adossé à un pilier entre la splendide porte coulissante ornée d'une peinture et la fenêtre ogivale au cadre de laque noire. Sur la porte étaient peints en couleurs vives un paon et une pivoine

blanche sur un fond sombre à la manière de l'école chinoise du Sud, ce qui témoignait du singulier éclectisme du goût du daimyô.

Tamaki portait un vêtement coupé à Londres et, ce qu'on ne voyait plus, dans un gousset une montre attachée à une chaînette d'or. Elle avait été donnée à son père par l'empereur Guillaume II quand il était lui-même ambassadeur en Allemagne. Même dans l'Allemagne d'Hitler, cette montre faisait grand effet.

Tamaki était bel homme, il parlait facilement. C'était un diplomate aux tendances aristocratiques qui se vantait de connaître les conditions de vie du peuple, mais maintenant le présent le dépassait et il n'avait plus en tête que le souvenir des réceptions de jadis, rassemblant cinq cents ou mille personnes sous la lumière des lustres.

— Ah! chaque fois que j'y pense, j'en ai froid dans le dos. C'est vraiment une histoire intéressante, dit, en guise de préambule, Tamaki en prenant des airs de grand seigneur qui eussent suffi à refroidir l'enthousiasme des auditeurs.

— Comme je n'avais jamais pris le métro de Berlin depuis que j'étais ambassadeur, mon conseiller, Matsuyama, m'y entraîna. Dans la deuxième voiture à partir de la queue..., non ce devait être la troisième, au beau milieu de la foule, je jette un coup d'œil : Goering était là!

Ici, Tamaki s'arrêta pour guetter l'effet produit sur les auditeurs, mais comme tout le monde avait déjà entendu l'histoire une dizaine de fois, il n'y eut pas d'écho. Kazu intervint :

— Mais, à cette époque, c'était un personnage important ! Il était quelque chose comme Kato Kiyomasa au Japon. Vous ne voulez pas dire qu'il avait pris le métro ?

— Quoi qu'il en soit, c'était Goering, au sommet de sa puissance, vêtu d'un costume fripé de travailleur. Il entourait de son bras la taille d'une jolie fille de seize ou dix-sept ans. Il avait froidement pris le métro. Je me frottai les yeux, me demandant si je ne m'étais pas trompé. J'avais beau regarder : c'était bien Goering. Je le connaissais bien : tous les jours je le rencontrais dans des réceptions. J'étais dans un grand embarras, lui au contraire restait indifférent. La femme n'était-elle pas une professionnelle, par hasard ? Je regrette. mais je suis ignorant en la matière.

— Vous n'en avez pourtant pas l'air ! dit Kazu.

— En vérité, c'était une fille charmante, mais elle avait beaucoup de rouge aux lèvres. Il jouait avec le lobe de ses oreilles et lui caressait le dos. Je regardai Matsuyama qui était debout près de moi, ouvrant des yeux ronds. Deux stations plus loin, Goering et la femme descendirent. Restés seuls, nous n'en pouvions plus d'étonnement. Ensuite, la tête de Goering dans le métro ne me sortit plus de l'esprit. Le lendemain Goering donnait une soirée. Matsuyama et moi nous nous approchâmes et le regardâmes attentivement. Il ne différait en rien de l'homme de la veille.

« Finalement, ne pouvant réprimer ma curiosité,

j'oubliai sans le vouloir ma position d'ambassadeur et je lui demandai :

« — Hier, pour observer la vie du peuple, j'ai pris le métro. C'est pourtant chose utile. Est-ce que cela vous arrive ?

« Alors Goering souriant me fit cette réponse de signification profonde :

« — Je suis toujours avec le peuple. J'en fais partie. C'est pourquoi je n'ai pas besoin de me forcer à prendre le métro... »

Tamaki, ancien ambassadeur en Allemagne, répéta la réponse de Goering dans un allemand simple et clair, puis il la traduisit immédiatement en japonais.

En dépit des apparences, les ambassadeurs n'écoutaient pas les conversations qui ne concernaient pas la diplomatie. Ne pouvant attendre la fin des histoires de l'ambassadeur Tamaki, l'ancien ambassadeur en Espagne se mit à parler de la vie dans la belle capitale de Saint-Domingue au temps où il était ministre en République dominicaine. Les sentiers où l'on se promenait à l'ombre des cocotiers, les magnifiques couchers de soleil dont la lueur se reflétait sur la peau bronzée des filles créoles, le vieil homme décrivait tout cela avec application sans se soucier des auditeurs. L'ambassadeur Tamaki lui coupa la parole et se mit à raconter comment il avait rencontré Marlène Dietrich au temps de sa jeunesse. Pour Tamaki les beautés dont le nom était inconnu n'avaient pas de valeur ; il lui fallait, pour donner de la couleur à ses récits, des noms de premier plan, des réputations brillantes.

Pour Kazu, toutes sortes de mots étrangers volaient dans les conversations des invités et, en particulier, le point final des histoires scabreuses était dit dans la langue originale, ce qui l'irritait. Elle ne prenait guère d'intérêt à l'atmosphère de ce monde diplomatique que l'on voyait rarement chez elle.

Certes, tous étaient des « retraités distingués »; même s'ils étaient pauvres maintenant, ils constituaient une société qui avait touché du doigt le vrai luxe. Et puis, ces souvenirs, il était triste de le dire, étaient la poudre d'or dont leur vie avait été dorée.

Seul Noguchi Yûken tranchait parmi eux. Son visage viril gardait toujours une grande simplicité. Il se distinguait des autres par son habillement, il n'avait pas de coquetterie. Ses yeux clairs et pénétrants étaient abrités par des sourcils trop fournis. Tous ces traits avaient chacun sa beauté mais ils juraient d'être associés et s'appliquaient à un corps maigre, révélaient un manque d'harmonie. Noguchi ne manquait pas de sourire à l'occasion mais il se mêlait rarement à la conversation ce qui montrait qu'il était toujours sur ses gardes. Quoique ces particularités ne fussent pas du goût de Kazu, ce qui la frappa davantage à leur première rencontre est que, par-derrière, le col de sa chemise blanche était un peu sale et montrait une ombre légère.

— Bien que vous soyez un ancien ministre, vous portez de pareilles chemises. Personne ne s'occupe donc de vos affaires ?

Ce qui lui déplut, c'est qu'en s'approchant des

autres invités pour les regarder de près, elle constata que les cols de ces vieillards coquets étaient éblouissants de blancheur, et se fermaient strictement sur leur peau flétrie. Noguchi était le seul à ne pas parler du passé. Avant de revenir au ministère, il avait été ambassadeur dans plusieurs petits pays. La vie luxueuse de ces postes n'avait plus d'intérêt pour lui. En ne parlant pas du passé, cela seul révélait qu'il n'était pas encore un homme mort.

L'ambassadeur Tamaki recommença ses histoires de soirées auxquelles il avait assisté. Il rappela une soirée somptueuse qui avait été organisée dans un palais royal. Sous la lumière des lustres étaient rassemblés des monarques, des princes, des nobles de tous les pays d'Europe ; c'était un ruissellement de décorations et de pierres précieuses ; les joues ridées des vieilles dames de la noblesse faisaient des taches comme des roses blanches fanées et paraissaient blafardes sous le reflet des nombreuses pierreries.

Puis il passa à des histoires d'opéras. Une personne soutenait avec véhémence que Galli-Gurci chantait magnifiquement la fureur de Lucia. Une autre prétendait que Galli-Gurci avait passé le faîte de sa splendeur et que dal Monte chantait beaucoup mieux Lucia. Finalement le taciturne Noguchi lui coupa la parole et dit :

— Cessons de raconter des histoires du passé. Nous sommes encore jeunes, que diable !

Noguchi avait souri en parlant, mais il avait mis dans son ton une énergie telle que tout le monde se tut.

Ses paroles avaient profondément frappé Kazu.

En pareille circonstance, la maîtresse de maison savait parfaitement rompre un silence, mais les paroles de Noguchi avaient si parfaitement atteint leur but, elles avaient si bien interprété les sentiments de Kazu, qu'elle en oublia presque son rôle.

« Cet homme dit merveilleusement des choses difficiles à dire », pensa-t-elle. Ces paroles avaient immédiatement terni le brillant de la réunion. Comme un brasier sur lequel on a jeté de l'eau, il ne resta que des cendres noires mouillées. Un vieillard toussa. Cette toux fut suivie d'un long râle qui remua chacun jusqu'aux entrailles. Pendant un instant on comprit à l'air de chacun que l'on pensait à la mort prochaine.

A ce moment, le parc fut éclairé par la lumière brillante d'une lune claire. Kazu attira l'attention de tous sur le lever tardif de la lune. Le saké avait été versé avec profusion, aussi les vieux messieurs, sans se soucier de la froidure de la nuit, se déclarèrent tous disposés à faire le tour du parc qu'ils n'avaient pu visiter pendant les heures du jour. Kazu donna aux servantes l'ordre de préparer des lanternes. Même le vieux qui toussait, ne voulant pas être laissé en arrière, sortit après s'être fixé un gros masque blanc sur le visage.

Les piliers du salon central étaient élancés, la balustrade de la galerie qui donnait sur le parc provenait d'un vieux temple et était délicate. Les servantes portant les lanternes éclairaient les pas des invités qui avaient chaussé les hauts socques de jardin et avançaient avec précaution de dalle en dalle. Juste à ce moment, la lune qui se montrait au-dessus du toit de l'Est en découpa le profil en une masse noire.

Il eût été sage de rester sur la vaste pelouse, mais lorsque Tamaki dit qu'il fallait suivre le sentier qui passe derrière l'étang, Kazu regretta d'avoir attiré l'attention de tous les invités sur la lune de novembre. Cinq invités demeurés sur la pelouse se montraient extrêmement inquiets.

— Faites attention, je vous prie. Regardez bien à vos pieds !

Plus Kazu faisait entendre ses avertissements, plus les gens à qui il ne plaisait pas d'être traités en vieillards s'obstinaient à suivre le chemin à l'ombre du bois. Les rayons de la lune qui y filtraient rendaient le lieu séduisant. Tous ceux qui étaient sortis se promener et avaient poussé jusqu'à l'étang du Sud-Est où se reflétait la lune voulaient suivre le chemin sous les arbres derrière l'étang.

Les servantes s'appliquaient à obéir aux instructions de Kazu, elles éclairaient avec leurs lanternes les obstacles dangereux : pierres ou souches, plaques glissantes de mousse, et les indiquaient obligeamment aux invités.

— La nuit devient froide, après cette journée tiède..., dit Kazu en ramenant ses deux manches sur sa poitrine.

A ce moment, elle se trouvait à côté de Noguchi dont le souffle passant sous la moustache paraissait blanc à la lueur de la lune. Leur dialogue n'alla pas plus loin.

Pour servir de guide, Kazu marchait en tête. Sans y penser, elle pressa l'allure. Les lanternes des invités qui suivaient dansaient sur le chemin du tour de l'étang ; il était amusant de voir se refléter sur l'eau à la fois la lune et les lanternes. Plus que les vieux messieurs à la retraite, Kazu s'excitait comme une enfant. S'éloignant de l'étang, elle s'écria :

— Comme c'est beau ! Regardez l'étang !

Un sourire se dessina sur la bouche de Noguchi qui dit :

— Vous parlez extraordinairement fort. On dirait une jeune fille.

La promenade se termina sans incident. Quand les invités furent revenus au salon la catastrophe se produisit. Par amabilité, Kazu avait fait allumer dans la pièce un poêle à gaz qui brûlait très fort. Les vieilles personnes qui s'étaient refroidies dehors se rassemblèrent autour du feu et se mirent à leur aise. On apporta des fruits ; on servit des gâteaux japonais et du thé préparé avec la poudre. Tamaki ne parlant plus beaucoup, la conversation manquait d'animation. Les invités se préparèrent tout doucement au départ. Tamaki se leva pour aller à la toilette. Tout le monde se levait mais on remarqua que Tamaki n'était pas encore revenu. On décida d'attendre un peu. Le silence commençait à peser et l'on s'inquiéta. Quatre vieillards s'engagèrent sur des sujets où personne ne les suivait ; finalement la conversation tomba sur l'état de santé de chacun. Celui-ci se plaignait d'un asthme, celui-là de troubles d'estomac, tel autre de la faiblesse de sa tension. Noguchi, l'air grave, ne prenait aucune part à ces conversations. Il se leva en disant d'un ton calme :

— Je vais aller voir.

Ces mots donnèrent à Kazu le courage de se lever et de guider Noguchi. Elle s'élança légèrement dans le couloir au plancher parfaitement astiqué.

L'ambassadeur Tamaki était tombé sur le sol de la toilette.

3

L'idée de Mme Tamaki.

Kazu, propriétaire de l'Ermitage, ne s'était jamais trouvée face à une pareille situation. D'une voix forte elle appela à l'aide. Les servantes accoururent. Kazu donna l'ordre de faire venir tous les hommes travaillant dans la maison. Les membres de la Société Kagen se groupèrent dans le couloir. Kazu entendit Noguchi s'adresser à eux d'une voix calme.

— Ce doit être une hémorragie cérébrale. Bien que ce soit ennuyeux pour le restaurant, je crois que le mieux est de ne pas le remuer et d'appeler un médecin. Pour la suite, laissez-moi faire. Vous avez tous vos familles, alors c'est pour moi seul que les choses seront le plus aisées.

Il est frappant que dans ce désarroi, ce qui resta gravé dans la mémoire de Kazu, ce furent les paroles prononcées par Noguchi. Il avait bien dit : « Alors c'est pour moi seul que les choses seront le plus aisées. » Le sens de cette phrase jeta une lumière dans le cœur de Kazu et ces mots continuèrent à vibrer comme une corde d'argent tendue qui a été touchée.

Kazu fit sincèrement tout ce qu'elle put pour cet homme attaqué subitement par la maladie, mais au milieu de ses occupations résultant de cet incident, seules les paroles de Noguchi lui revenaient clairement à la mémoire.

Lorsque, devant Mme Tamaki accourue rapidement, Kazu, qui avait conscience de toute sa responsabilité, pleura en s'excusant de son imprévoyance, elle ne feignait nullement ses sentiments; les paroles de Noguchi lui revenaient toujours claires à l'esprit. Noguchi plaidait sa cause auprès d'elle-même :

— Vous prenez trop à cœur votre responsabilité. C'était la première fois que M. Tamaki venait ici et vous ne saviez rien de son état de santé. Il a été le premier à proposer une promenade dans le parc malgré le froid.

Le malade ne cessait de ronfler très fort. Mme Tamaki était une dame d'âge moyen qui paraissait beaucoup plus jeune que ses années et qui était habillée magnifiquement à l'européenne. Malgré la gravité de l'état de son mari elle garda tout son calme. Puis l'écho du samisen arrivant souvent de la grande salle où se donnait un divertissement, elle fronça légèrement les sourcils. Elle prit froidement sa décision. « Si au moins on pouvait le laisser ici tranquillement tout un jour, ce serait bien », avait suggéré le médecin.

Elle repoussa résolument cette idée, avec de belles raisons.

— Mon mari a l'habitude de dire qu'il ne veut

déranger personne. Quand il ira mieux, quels reproches ne me ferait-il pas ? Ce restaurant reçoit de nombreux clients et ce n'est pas comme si mon mari était un habitué de longue date. Je ne veux pas embarrasser plus longtemps la propriétaire de l'établissement, d'une manière ou de l'autre il faut le transporter dans une clinique sans perdre un instant.

Elle répéta plusieurs fois la même chose, s'adressant de manière courtoise à Kazu. Celle-ci insista au contraire dans un sens opposé : « Il ne faut pas craindre de me gêner ; je peux me charger du malade ici aussi longtemps qu'il faudra, jusqu'à ce que le docteur le trouve mieux. » Cet assaut de courtoisie se livrait au chevet du malade qui ronflait fortement. Mme Tamaki, tout en restant debout, gardait tout son calme. De son côté Kazu ne se départait pas de son amabilité en voulant imposer son offre. Le docteur replet ne savait quelle contenance prendre.

Le malade avait été transporté dans une pièce de huit nattes assez éloignée que l'on n'utilisait guère. Avec le malade, Noguchi, Mme Tamaki, le médecin, l'infirmière et Kazu, cette pièce présentait une certaine confusion. Noguchi fit un signe à Kazu et quitta la chambre. Kazu le suivit dans le couloir. Noguchi avança rapidement dans le couloir.

Tout en le suivant, Kazu voyant son allure décidée se demandait si Noguchi ne se comportait pas comme s'il était chez lui alors qu'au contraire il n'était qu'un client accidentel.

Noguchi marchait au hasard. Il passa par un couloir

qui avait la forme d'une arche de pont ; continuant son chemin il se dirigea vers la gauche. Il sortit dans le jardin de derrière, plein de chrysanthèmes blancs en fleur. Dans le jardin de devant, on ne plantait pas de fleurs. Le petit jardin de derrière avait au contraire des fleurs en toute saison. Les deux petites chambres contiguës qui donnaient sur ce jardin étaient celles de Kazu. Les lumières y étaient éteintes. Lorsque Kazu quittait ses occupations, elle aimait à se retirer seule dans ce jardin minuscule, qu'on aurait pu dire peu soigné. Tout y était planté sans ordre. On n'y trouvait pas les rochers habituels, pas de dalles posées suivant les règles. Il ressemblait à celui d'une petite villa qu'on loue pour fuir la chaleur de l'été, où les tournesols sont entourés par des coquillages. Mais elle aimait ce jardin. Les chrysanthèmes blancs y poussaient au petit bonheur, certains à longue tige à côté d'autres misérables. Au début de l'automne, il était envahi par les fleurs de cosmos.

Kazu fit exprès de ne pas inviter Noguchi à entrer chez elle. Elle ne lui dit pas que c'était là son appartement. Elle ne voulait pas montrer de familiarité. Elle s'approcha de la porte vitrée qui donnait sur le jardin et offrit à Noguchi une chaise qui se trouvait dans le couloir. Noguchi dit dès qu'il fut assis :

— Vous êtes vraiment un crampon. Votre amabilité si marquée n'était plus de l'amabilité.

— Cependant, quand un client qui vient pour la première fois chez moi tombe malade, si je ne m'occupe pas de lui...

— Oh! C'est ce que vous voudriez nous faire croire... Tout de même, vous n'êtes pas une enfant. La réserve de Mme Tamaki n'était pas simplement de la réserve. Vous avez dû comprendre ce qu'elle voulait dire.

— J'ai compris.

De petites rides se formèrent près des yeux de Kazu qui sourit.

— Si vous avez compris, c'était de l'obstination de votre part.

Kazu ne répondit pas.

— Lorsque vous avez annoncé à Mme Tamaki que son mari était tombé, elle a immédiatement pris le temps d'arranger ses fards.

— C'était naturel pour une femme d'ambassadeur.

— Je ne dis certainement pas le contraire.

Sur cette réplique, Noguchi se tut. Kazu en fut bien aise.

On entendait vaguement l'écho des chants de la musique qui arrivaient de la grande salle lointaine. A ce moment Kazu fut enfin délivrée de l'ennui que lui causait l'incident de la soirée. Noguchi se cala tranquillement dans sa chaise et sortit une cigarette. Kazu se leva et lui donna du feu.

— Oh! merci, dit-il d'une voix neutre.

Ce remerciement ne sonnait pas comme il est d'usage entre la propriétaire d'un établissement et un client et Kazu le sentit parfaitement. Quand elle se sentait heureuse elle n'était pas femme à se retenir de le dire immédiatement.

— C'est un sentiment inexcusable à l'égard de M. Tamaki, pourtant maintenant je me sens étrangement soulagée. Serait-ce l'effet du saké?

— C'est possible, dit Noguchi avec indifférence. Je réfléchissais à la vanité des femmes. Je puis vous parler en toute franchise : Mme Tamaki aime mieux voir mourir son mari sur un lit d'hôpital que dans une salle de restaurant, même si cela doit hâter sa fin. Personnellement je regretterais vraiment de perdre un ami de longue date. Je souhaiterais que vous le gardiez ici, même si cela devait vous gêner, jusqu'à ce qu'il soit transportable... Pourtant en raison de la vanité d'une épouse, bien qu'il soit mon ami, il m'était impossible d'imposer mon sentiment.

— Mais, c'est parce que vous n'éprouvez pas vraiment ce sentiment, dit Kazu qui avait l'impression de pouvoir dire n'importe quoi à Noguchi. Si c'était moi, j'agirais selon mon sentiment quoi que le monde puisse penser. J'ai toujours été fidèle à ce principe.

— Vous l'avez bien montré ce soir, dit Noguchi d'un ton passablement sérieux.

Kazu fut ravie de penser qu'il était jaloux. Mais comme elle avait une nature honnête elle se hâta de donner l'explication dont elle aurait pu se dispenser.

— Non, j'ai été surprise et j'avais conscience de ma responsabilité, je n'éprouvais aucun sentiment à l'égard de Tamaki.

— Alors, ce n'était que de l'entêtement. Dans ce cas il faut faire vite partir le malade d'ici.

Ces paroles que Noguchi prononça en se levant

étaient fermes et décisives, laissant Kazu désemparée ; elles dissipaient toutes ses illusions. La réponse docile qu'elle fit sans y mettre de passion témoigna de sa force de caractère.

— Bien, c'est ce que je vais faire, comme le désire Mme Tamaki.

Tous deux reprirent le couloir en silence. Finalement Noguchi prit la parole.

— Si on le fait entrer cette nuit à la clinique, je vais rentrer chez moi et j'irai le voir demain vers midi. J'ai toute ma liberté.

Tous les clients du grand salon semblaient partis. On n'entendait aucun tapage. Après le banquet la nuit avait pris possession de l'Ermitage vide comme une caverne. Kazu le traversa en guidant Noguchi ; c'était en effet le chemin le plus court. Les servantes qui rangeaient après le banquet s'inclinèrent sur leur passage. Tous deux passèrent devant la paire de grands paravents dorés à six panneaux, qui servaient de fond à la scène installée pour les danses. Après la fête l'or des paravents s'était apaisé, mais il conservait un éclat qui laissait une impression étrangement mélancolique.

— Les invités n'ont rien dit en ne me voyant pas paraître au début du banquet ? demanda Kazu à l'une des servantes.

Celle-ci, femme intelligente, qui avait passé la jeunesse, leva sur Kazu un visage indécis. Il n'était jamais dans les habitudes de Kazu de poser devant des invités de pareilles questions d'un caractère professionnel. Or, à ne pas s'y tromper, Noguchi était un client.

— Non... Dès le début, ils étaient tous de bonne humeur, répondit la servante.

Noguchi et Kazu ouvrirent doucement la porte coulissante de la pièce de huit nattes. Mme Tamaki, assise au chevet de son mari, jeta sur eux un regard pénétrant. Ses minces sourcils étaient peints avec minutie ; l'épingle d'argent qui retenait son chapeau noir s'échappait un peu et luisait à la lumière venant du couloir.

4

Les loisirs d'un couple.

L'ambassadeur Tamaki fut rapidement transporté à la clinique. Le lendemain vers midi, lorsque Kazu alla lui faire une visite, elle apprit qu'il était toujours inconscient. Elle lui avait apporté une corbeille de fruits; elle se retira à une certaine distance dans le couloir, s'assit sur une chaise en attendant Noguchi. Ce dernier n'arrivait pas. Elle comprit qu'elle aimait Noguchi.

A la vérité, Kazu, en dépit de sa force de caractère, n'avait jamais aimé un homme plus jeune qu'elle. Un homme jeune dispose d'un tel excédent de puissance sentimentale ou physique qu'il risque de devenir fat, surtout vis-à-vis d'une femme plus âgée, au point qu'on ne sait jusqu'où cela peut conduire. Outre ces raisons, Kazu n'avait pas d'attirance physique pour les hommes jeunes. Une femme a plus de perspicacité qu'un homme pour saisir ce qu'a de choquant le déséquilibre entre les qualités de l'esprit et les qualités physiques d'un homme, et Kazu n'avait jamais rencontré un homme jeune qui portât sa jeunesse avec élégance. De plus la douceur de la peau d'un jeune homme ne lui était pas agréable.

Dans le couloir faiblement éclairé de cette clinique triste, Kazu ne cessait de penser à ces choses. Loin dans le couloir elle savait bien où se trouvait la chambre de Tamaki, car elle voyait les corbeilles de fleurs qui étaient envoyées en témoignage de sympathie et que l'on posait près de sa porte. Tout à coup l'attention de Kazu fut attirée par les aboiements de nombreux chiens que l'on entendait par la fenêtre ouverte.

Sous un ciel un peu froid elle vit qu'on apportait leur nourriture aux chiens errants qui servaient aux expériences et qui s'approchaient de la vaste enceinte grillagée où ils étaient enfermés. A l'intérieur de l'enceinte de nombreuses niches grossières étaient alignées les unes à côté des autres, leur forme était irrégulière. Elles se succédaient comme des poulaillers, mais il y avait aussi des niches normales de chiens de garde. Elles étaient distribuées au hasard ; certaines étaient placées de guingois, d'autres étaient renversées sur le côté. Tous les chiens tiraient sur leur chaîne. A côté de chiens maigres, pelés à vif, on en voyait d'autres, gras et bien nourris.

C'étaient tous ces chiens qui poussaient des aboiements lamentables.

Le personnel de l'hôpital paraissait y être habitué. Personne ne s'arrêtait devant le grillage. Sur le côté, un bâtiment à deux étages servait de laboratoire et montrait ses petites fenêtres sombres. Les vitres reflétaient le ciel couvert ; elles avaient l'air d'yeux apathiques ayant perdu toute curiosité.

Tandis qu'elle écoutait ces aboiements pitoyables, Kazu se sentait remplie d'une chaude sympathie. Elle ne fut pas peu surprise d'être saisie par une telle émotion. Ces pauvres chiens ! Elle pleura. Elle se demanda sérieusement s'il n'y avait pas un moyen de sauver ces bêtes. Elle ne pouvait plus supporter de rester dans l'attente.

Noguchi apparut. Il remarqua ses yeux remplis de larmes.

— Est-il mort ? demanda-t-il.

Kazu s'empressa de le rassurer. Elle fut embarrassée et perdit l'occasion d'expliquer les raisons de ses larmes.

Noguchi était pressé. A la manière d'un enfant, il posa des questions au hasard :

— Attendez-vous quelqu'un ici ?

— Non, répondit-elle clairement. — Alors un sourire éclaira ses joues remplies.

— Dans ce cas, l'occasion est bonne. Je vais revenir aussitôt que ma visite sera terminée. Attendez-moi ici. Je n'ai pas d'engagement ; vous avez votre liberté au moment de midi. De toute manière nous sommes tous les deux libres. Voulez-vous que nous allions déjeuner en ville ? dit Noguchi.

Lorsqu'ils descendirent le chemin caillouteux qui part derrière l'hôpital de l'Université, les nuages se détachèrent et ils eurent la perspective d'une journée un peu pluvieuse.

Kazu avait fait attendre son auto, mais Noguchi avait renvoyé la sienne en disant qu'il rentrerait à pied.

Quand Noguchi dit qu'il avait fait exprès de renvoyer son taxi pour rentrer à pied, son ton indiquait franchement qu'il trouvait logique d'agir ainsi. Kazu eut l'impression qu'il y avait là une désapprobation indirecte de son luxe.

Par la suite, Kazu eut maintes fois l'occasion de réviser son impression, mais les manières de Noguchi, sa façon de parler étaient toujours empreintes d'une telle dignité que le moindre de ses caprices lui paraissait dicté par la logique.

Traversant le chemin, elle pensait aller jusqu'au parc d'Ikenohata. La circulation des voitures était intense sur cette route, mais Kazu avait assez d'assurance en elle pour arriver à passer tandis que Noguchi, très prudent, ne voulait pas traverser. Au moment où Kazu s'élançait pour courir :

— Pas encore, pas encore, dit-il en la retenant.

Kazu était noyée dans le flot des autos qui se succédaient, pressées, et dont les glaces avant lui renvoyaient par éclats un soleil d'hiver dans l'espace qu'elle avait perdu l'occasion d'utiliser. Elle perdit patience :

— Maintenant... Allons, c'est le moment !

Elle saisit avec force la main de Noguchi et s'élança.

Mais, après avoir traversé, Kazu ne lâcha pas la main de Noguchi. C'était une main sèche, étroite, comme une plante conservée dans un herbier. Kazu continuait à la tenir comme si elle l'avait volée. Elle était complètement inconsciente de son geste. Noguchi recevait cette pression timide mais finit par se dégager, à la manière d'un enfant gâté qui se tortille pour échapper à la garde d'une grande personne.

Sans y penser, Kazu regarda le visage de Noguchi. Sous ses sourcils broussailleux ses yeux clairs et pénétrants avaient leur calme habituel. Arrivés à l'étang, ils prirent à gauche le chemin du bord de l'eau. Le vent qui traversait le lac était faible mais froid et ridait la surface de l'eau. Le bleu du ciel d'hiver et la couleur des nuages se fondaient harmonieusement sur l'eau frissonnante. Les déchirures bleues du ciel se prolongeaient au loin et éclairaient la rive opposée. Cinq ou six bateaux étaient en partance.

La digue le long de l'étang était couverte de petits saules pleureurs aux branches tombantes. On ne savait si ces branches étaient encore jaunes ou si elles tournaient déjà au verdâtre. Elles étaient plus propres que les arbustes poussiéreux auxquels pendaient des chiffons. A ce moment une bande de collégiens se rassembla pour faire des courses. Ils étaient alignés avec des culottes blanches d'entraînement. Après avoir parcouru un ou deux tours, leurs minces sourcils se fronçaient et ils paraissaient hors d'haleine, faisant penser aux statues d'asura du Kôfukuji [1]. Sans jeter un

---

[1]. Les *asura* sont les anciens guerriers que leur destinée condamne après leur mort à un enfer où ils se livrent des combats incessants. Le Kôfukuji est un célèbre monastère de Nara.

regard à droite ou à gauche, deux d'entre eux frappant le sol de leurs légères sandales de sport passèrent à côté des deux promeneurs. L'un d'eux avait la tête enveloppée d'une serviette rose dont on apercevait la tache claire sur le chemin bordé d'arbres aux branches défeuillées.

Noguchi avait peine à ne pas faire remarquer à Kazu que près d'un demi-siècle le séparait de l'âge de cette jeunesse. Il lui dit :

— Etonnants ! Ces jeunes gens sont étonnants ! J'ai des amis qui sont présidents d'association de boy-scouts ; je pense que c'est une occupation stupide, pourtant je comprends qu'on s'y intéresse.

— Les enfants sont attachants à cause de leur innocence naïve, répliqua Kazu.

Cependant, une telle innocence lui paraissait trop lointaine pour lui faire envie. En outre, elle avait l'impression que la pensée exprimée par Noguchi était trop simple et sans conviction.

Tous deux regardèrent les jeunes gens dont l'image se reflétait sur l'eau et contemplèrent de loin leur manière de courir autour de l'étang.

Le groupe des grands immeubles d'Ueno Hirokoji donnait une impression mélancolique. Deux ballons aux couleurs vives s'élevaient dans le ciel brumeux chargé de fumée et de suie.

Cependant Kazu s'était aperçue que le bout des manches du pardessus de Noguchi était élimé. Cette découverte lui déplut. Chaque fois qu'elle faisait de telles découvertes, elle s'adressait des reproches, mais elle n'y pouvait rien et de prime abord elle repoussait l'idée de se mêler des affaires de Noguchi. Alors celui-ci, faisant preuve d'une vivacité inattendue, dit :

— Vous regardez ce manteau? Eh bien je l'ai fait faire à Londres en 1928. Je crois que si, simplement pour le plaisir, je m'en faisais faire un neuf, j'aimerais mieux porter mon vieux.

Noguchi et Kazu traversèrent l'île de Benten, bordée de lotus aux feuilles enroulées par les intempéries et partant de l'entrée du temple de Gojôten, montèrent sur la colline d'Ueno. Tout en contemplant le ciel bleu d'hiver semblable à celui d'un diapositif vu au travers de la petite lanterne de projection que formaient les arbres dénudés, ils arrivèrent à la vieille porte d'entrée d'un restaurant. A l'heure du déjeuner le grill était tranquille.

Noguchi prit le menu à prix fixe. Kazu l'imita. De leur table auprès de la fenêtre, ils apercevaient la façade d'un vieux clocher. En se réjouissant de sentir un poêle qui chauffait fort, Kazu dit franchement :

— La promenade a été fraîche, n'est-ce pas?

Une promenade froide telle que celle-là était totalement inconnue à Kazu, prise au milieu de la journée par ses affaires avec la clientèle. Elle était pour elle un léger étonnement. Kazu se donnait rarement la peine d'analyser ce qu'elle faisait sur le moment ; sa nature lui disait qu'elle y réfléchirait plus tard. Par exemple, si en partant elle se mettait à pleurer, elle ne comprenait pas sur le moment la raison de ses larmes ; elle ne voyait pas d'émotion en elle, mais elle pleurait.

Bien que Kazu eût dit que la promenade avait été froide, Noguchi ne s'excusa pas de l'avoir fait marcher. Kazu se crut obligée d'expliquer minutieusement que tout en étant froide la promenade lui avait fait plaisir. Finalement, lorsqu'on apporta une assiette de hors-d'œuvre :

— Ah ! Cela nous a fait du bien ! dit doucement Noguchi.

Toutefois, il se réjouissait sans exubérance.

Jusque-là Kazu n'avait pas rencontré d'homme pareil à lui. C'était elle qui faisait tous les frais de la conversation. Elle avait de nombreux clients peu loquaces, mais vraiment elle était attirée par la taciturnité de Noguchi. Comment ce vieil homme simple en toutes choses était-il doué d'une telle puissance ? Elle ne savait pas.

La conversation s'étant interrompue, Kazu regarda des oiseaux de paradis empaillés et enfermés dans une cage de verre, les rideaux banals, une tablette portant les caractères : « Le Pavillon des hôtes distingués », ou le vieux cuirassé *Ise* construit par les chantiers de Kawasaki. C'était l'œuvre d'un graveur sur cuivre à la manière de la fin de la période d'Edo. Elle représentait le cuirassé *Ise* au milieu de petites vagues, bondissant en montrant sa coque rouge en dessous de la ligne de flottaison. Cette salle de restaurant dans le goût occidental de l'époque Meiji et l'ancien ministre en vêtements anglais démodés qui y prenait un déjeuner se trouvaient en parfaite harmonie, ce qui rendait

Kazu nerveuse. Elle préférait la vie plus mouvementée d'aujourd'hui. Noguchi dit :

— La diplomatie est un métier où l'on voit beaucoup de gens, n'est-ce pas. Je crois m'être fait, au cours d'une longue vie, une spécialité d'observer les gens. Ma défunte femme avait toutes les qualités. Il m'a suffi de la voir une fois pour me décider. Mais n'étant pas un devin, je ne prévois pas leur fin. Ma femme est tombée malade à la fin de la guerre et elle est morte rapidement. Comme je n'ai pas d'enfants, je suis resté absolument seul... Ah! Quand il ne reste qu'un peu de potage dans votre assiette, penchez-la de l'autre côté pour l'attraper avec votre cuiller, oui comme cela...

Kazu était très effrayée, mais elle obéit docilement. Jusque-là personne ne lui avait fait de remarque sur sa manière de manger de la nourriture occidentale.

— Ce que je vais dire ne se passera qu'au printemps de l'an prochain, dit Noguchi sans s'occuper de l'expression de Kazu, mais je crois que je serai invité à aller voir la fête du Puisage de l'eau à la deuxième lune au Nigatsudô de Nara. Jusqu'ici je n'ai jamais assisté à cette cérémonie. Et vous?

— Moi, j'y ai été invitée je ne sais pas combien de fois, et puis...

— Que diriez-vous si nous y allions ensemble, malgré vos occupations.

Kazu répondit immédiatement : « Oui »...

Comme la promesse ne devait se réaliser que dans trois ou quatre mois, elle aurait pu répondre évasivement, mais sa bonne humeur s'exalta, des rêves surgirent dans son esprit; elle remercia; après être restée au froid la chaleur du poêle lui monta au visage et elle ne cacha pas sa satisfaction.

— Vous êtes comme si vous aviez le feu au visage, dit Noguchi en maniant son couteau à poisson orné de minuscules ciselures.

Lorsque Noguchi, plein de confiance en lui, imposait des observations à quelqu'un, il avait l'air parfaitement satisfait.

— C'est le feu, répondit Kazu heureuse de la remarque. C'est le feu, répéta-t-elle. En fait, comment cela se fait-il? Je n'en sais rien, mais tout le monde me taquine en disant que je suis un feu follet.

— Je n'ai pas dit cela pour vous taquiner.

Les paroles de Noguchi parurent maussades à Kazu et elle se tut. La conversation interrompue reprit sur les orchidées étrangères. C'était encore un sujet qui n'était pas familier à Kazu. Il lui fallait écouter attentivement le vain savoir dont l'homme âgé qui était devant elle se vantait comme aurait fait un jeune garçon. Elle s'imaginait comment, des dizaines d'années auparavant, Noguchi s'adressant à une jeune fille qui lui plaisait déployait devant elle tout son savoir.

— Regardez celle-ci. Savez-vous comment s'appelle cette orchidée?

Kazu se retourna pour jeter un coup d'œil furtif derrière elle sur un vase posé sur une table. Comme elle n'y attachait pas d'autre intérêt, elle redressa la tête sans regarder plus longuement et répondit :

— Je n'en sais rien.

De toute façon, sa réponse avait été trop hâtive.
— Cela c'est un dendrobium, dit Noguchi un peu mécontent.

Alors Kazu tourna de nouveau la tête, obligée de regarder plus attentivement. C'était une orchidée étrangère de serre, plantée dans un petit pot de couleur bleu pâle placé sur une table. C'était une fleur qui n'était pas particulièrement rare. Un grand nombre de fleurs de petite taille, bordées de rouge, se balançaient a l'extrémité de tiges semblables à celles des prêles d'hiver. Les orchidées, présentant l'aspect compliqué de fleurs en papier découpé, étaient immobiles et ressemblaient à des fleurs artificielles. Plus Kazu fixait son attention sur le centre des fleurs, d'un sombre rouge exotique, plus il lui semblait déplaisant, juste digne d'un sourire car il ne s'harmonisait pas avec le calme de cet après-midi d'hiver.

5

Comment Kazu interprétait l'amour.

Cet après-midi-là, après avoir quitté Noguchi et être revenue à l'Ermitage, Kazu avait peur de trouver une besogne importante accumulée pendant qu'elle faisait cet agréable déjeuner. En premier lieu elle se réjouissait d'être, de la part d'une autre personne, l'objet d'une sollicitude particulière. Cette satisfaction lui fit comprendre pour la première fois sa solitude.

Elle ne s'était pas trouvée très longtemps avec Noguchi, mais dès qu'elle l'eut quitté une foule d'idées tourbillonnèrent dans son esprit. Tout d'abord, elle rêva de lui faire toujours porter des chemises fraîchement blanchies, des vêtements occidentaux d'une coupe surveillée. Mais si elle s'occupait de ces problèmes, une question se posait immédiatement. Noguchi se dirait : « Quelle est l'intention de Kazu ? » Aussi longtemps que cette incertitude demeurerait il lui serait impossible d'intervenir dans ses affaires. De plus elle ne savait pas du tout comment s'y prendre. Elle était étonnée de se trouver une fois de plus au cours de sa vie dans la situation de ne rien comprendre au cœur d'un autre. Elle n'était pas seulement étonnée; elle trouvait cette situation regrettable. Kazu se préoccupa extrêmement des revenus de Noguchi, car pourquoi, même s'il était habillé de bonnes étoffes, avait-il l'air misérable ? De toute manière, il avait sûrement sa pension pour vivre, mais ce revenu devait être insuffisant. Pour un homme qui avait eu une position telle que celle d'un ministre, on pouvait dire que cela frisait la gêne. Le soir, quand elle se trouvait parmi ses clients, cette question préoccupait l'esprit de Kazu à un point stupide. Elle se demandait si elle ne pouvait pas aisément connaître des chiffres. Souvent des fonctionnaires venaient; quand ils parlaient de l'âge de la retraite, Kazu les écoutait d'un air innocent.

— Si j'administrais ce restaurant pour le compte du gouvernement, l'âge de la retraite arriverait rapidement pour moi comme il arrive pour vous. Au lieu de faire ce dur métier, je recevrais une pension, je vivrais tranquillement, à ma guise, cela vaudrait mieux, n'est-ce pas ? Mais quelle pension recevrais-je ?

— Bah ! Vous avez une situation de ministre, vous recevriez dans les trente mille yen par mois.

— Ah ! Je recevrais tant que cela ?

Le ton indifférent avec lequel Kazu avait répondu fit rire tout le monde.

Ce soir-là, Kazu, seule dans sa chambre de quatre nattes et demie, ne pouvait trouver le sommeil; elle roulait toutes sortes de rêves dans sa tête. Sa chambre, en comparaison des salons des clients de l'Ermitage, était sans élégance, d'une modestie difficile à imaginer.

A son chevet, à côté d'un téléphone portatif se trouvaient empilées en désordre des revues à moitié parcourues. Il n'y avait pas une seule chose qui ressemblât à un objet d'art. Dans le tokonoma[1] s'alignaient de petits tiroirs. Lorsque Kazu s'étendait sur les matelas qui remplissaient la pièce, elle avait enfin l'impression d'être sa propre maîtresse.

Elle savait que cet homme avait trente mille yen de revenus mensuels. Elle pensa que le déjeuner d'aujourd'hui représentait pour lui une prodigalité d'une certaine importance et cette courtoisie lui allait au cœur. Les renseignements concrets qu'elle avait obtenus lui permettaient de donner pour la première fois des ailes à son imagination. La situation antérieure de cet homme, sa pauvreté d'aujourd'hui, son attitude résolue... Pour Kazu qui, professionnellement, n'avait affaire qu'à des clients très arrivés, tout cela présentait une sorte de romantisme.

Sa promenade coutumière du lendemain matin fut interrompue par un article aperçu dans une colonne du journal qu'elle venait d'ouvrir. Il relatait la mort de Tamaki ; il avait rendu son dernier soupir à l'hôpital la veille à dix heures du soir. La cérémonie devait avoir lieu le surlendemain matin à partir de treize heures au Honganji de Tsukiji. Voulant aller en hâte faire une visite de condoléances, elle sortit des vêtements de

---

1. *Tokonoma* : alcôve légèrement surélevée qui renferme des objets précieux : une peinture suspendue au kakemono, une porcelaine rare, un bouquet.

deuil, toutefois elle se ravisa quand elle réfléchit à l'attitude qu'avait eue Mme Tamaki ce soir-là. Puis, de patienter deux jours entiers enflamma le cœur de cette femme passionnée. Que la mort de Tamaki eût été publiée ou non dans le journal, Noguchi aurait dû en prévenir Kazu. Ce coup de téléphone aurait dû lui être dicté sinon par l'amour, tout au moins par l'amitié. Mais Noguchi ne donna aucune nouvelle. Chaque fois que retentissait la sonnerie, Kazu devenait timide comme une petite fille et avait l'air de perdre la respiration. Si Noguchi téléphonait pour annoncer la mort de son ami, Kazu avait peur de lui répondre sans pouvoir dissimuler sa satisfaction dans sa voix.

Kazu n'avait jamais attendu si impatiemment une cérémonie de funérailles. La veille elle pensait aller à l'institut de beauté mais elle remit l'opération à la matinée du jour même. Dans sa promenade matinale la veille de l'enterrement, elle surveilla le maître jardinier sans lui dire bonjour ou lui adresser d'observations ; tête penchée, elle fit un tour de parc en pressant le pas. Puis, sans motif, elle en fit un autre comme si elle était devenue folle. Le jardinier, qui était resté du temps du propriétaire d'autrefois, dit : « C'est la tournée de la sorcière des montagnes[1] ! »

Comme Noguchi n'avait pas encore téléphoné la veille de la cérémonie, Kazu eut l'impression d'éprou-

---

[1]. D'après la légende, cette ogresse accomplit des randonnées en jouant aux humains des tours qui ne sont pas forcément malveillants.

ver une sorte de déroute. Mais, pour elle, dans cette impression de défaite il y avait de la passion. Elle ne savait pas que Noguchi, conduisant le deuil en qualité d'ami intime du défunt, était trop occupé pour avoir le temps de se mettre en communication avec elle ; elle ne s'arrêta pas à cette hypothèse qui aurait calmé son cœur. Elle fut seulement dévorée par la pensée qu'elle avait été plantée là. Elle ne pouvait se venger ni sur Noguchi ni sur Mme Tamaki, mais de dépit elle envoya la veille au soir un cadeau de condoléances de cent mille yen. Elle pensait que c'était plus de trois fois la valeur de la pension mensuelle de ces personnes. Bien que rien ne l'obligeât à faire ce geste, que Tamaki ne comptât pas parmi ses patrons, elle pensa qu'elle ne pouvait montrer ses sentiments par un autre moyen que ce cadeau considérable.

Le jour de la cérémonie, il faisait un beau temps de début d'hiver. Le vent était doux. Kazu supprima sa promenade du matin. Elle mit un long temps à revêtir ses habits de deuil et se fit conduire rapidement à un institut de beauté de Ginza. A travers les vitres qui laissaient passer les rayons du soleil elle regarda des jeunes gens qui circulaient. Tournant un peu de côté le bas du plastron de son vêtement de deuil légèrement décolleté sur la nuque, elle dirigea vers eux un regard ardent et connaisseur. Ces gens se promenaient en laissant transparaître clairement leurs pensées, leurs sentiments, leurs entretiens, leurs petits marchandages, leur larmes, leurs rires, Kazu les voyait parfaitement. A un certain coin de rue, deux étudiants et deux étudiantes se rencontrèrent. Ils se saluèrent d'un large geste de la main qui n'avait rien de japonais; l'un d'eux qui était en uniforme avec sa casquette réglementaire posa la main sur l'épaule d'une des étudiantes et l'y laissa. Celle-ci portait une cape pelucheuse de couleur rose. Paraissant ignorer la main posée sur son épaule, ses yeux étaient éblouis par le soleil du premier printemps et elle tournait distraitement ses regards vers les tramways qui circulaient. Le signal étant passé au vert, juste au moment où son auto démarrait, Kazu vit une chose étrange. La jeune fille à la cape rose arracha brusquement la casquette d'uniforme de l'étudiant et la jeta sur le passage de l'auto. Par la vitre arrière de son taxi, Kazu regarda ce qui arrivait. La casquette fut écrasée par la voiture qui suivait. Kazu vit sur le trottoir l'étudiant qui trépignait de rage.

Le chauffeur avait suivi l'incident du coin de l'œil.

— On ne sait vraiment pas ce que les jeunes filles d'aujourd'hui sont capables de faire! Pourquoi a-t-elle fait cela? Vraiment! dit à Kazu le chauffeur qui avait gardé son calme mais laissait voir de derrière un sourire amer.

— C'est une gamine stupide, répondit sa cliente en vêtement de deuil.

Cependant le cœur de Kazu s'était mis soudain à palpiter. Le geste brutal de la jeune fille qui avait arraché la casquette du garçon pour la faire écraser par une auto la fascinait. Il n'avait aucun sens; mais il lui avait donné un choc étrange; tout s'était enregistré en un instant dans sa mémoire, jusqu'à la vue des cheveux ébouriffés de l'étudiant privé de sa casquette.

Pendant le très long temps que la coiffeuse mit à arranger avec grand soin sa chevelure, l'incident ne quitta pas l'esprit de Kazu. Généralement, à l'institut de beauté, Kazu se montrait pleine d'entrain, loquace, mais aujourd'hui elle restait plutôt taciturne. Le visage que lui renvoyait le miroir était plein, joli, mais les compliments habituels de l'artiste qui la coiffait étaient mensongers : le visage n'était assurément pas jeune.

Au temple de Honganji de Tsukiji, le service funèbre était imposant. La file des assistants passait devant les couronnes de fleurs. Kazu remit à la personne chargée de recevoir les offrandes un paquet de cent mille yen et prit la queue des assistants. Elle remarqua deux ou trois habitués de l'Ermitage et les salua avec déférence. Dans les rayons de soleil de l'hiver commençant, l'encens s'élevait, répandant son odeur vivifiante. La plupart des assistants étaient des vieillards ; celui qui se trouvait juste avant Kazu faisait entendre un bruit mécanique incessant en mâchant son râtelier.

A mesure que le défilé amenait Kazu toujours plus en avant, elle pensa que le moment allait venir où elle verrait Noguchi ; cette idée la bouleversait au point qu'elle ne pouvait plus penser à autre chose. Bientôt elle arriva devant Mme Tamaki, dont les yeux montraient plus d'agressivité que de tristesse. Quand elle levait la tête entre deux profondes salutations de remerciement, son regard se fixait sur le même point de l'espace comme s'il y était ramené par un fil.

Enfin Kazu aperçut Noguchi. Il portait un complet trop étroit qui lui serrait le corps, un brassard de crêpe noir au bras. Il tenait le menton levé, son visage ne laissant paraître aucune expression.

Lorsque tous les assistants eurent offert l'encens, Kazu s'approcha de Noguchi et le regarda droit dans les yeux. Noguchi ne cilla pas; il regarda Kazu sans une trace d'émotion et inclina respectueusement la tête.

On ne peut dire que ces moments passés lors de l'offrande de l'encens eussent été une complète désillusion. En effet, par un raisonnement vraiment dénué de tout bon sens, Kazu s'imagina qu'à l'instant où son regard avait rencontré les yeux inexpressifs de Noguchi, il était clair qu'elle l'aimait.

Dès qu'elle fut rentrée à l'Ermitage, Kazu prit un pinceau et un rouleau de papier et écrivit la longue lettre suivante :

Salutations. Je ne vous ai aperçu qu'un instant aujourd'hui mais j'ai été heureuse de vous voir en si belle santé. Je n'oublierai jamais le déjeuner que vous m'avez offert l'autre jour, ni la promenade autour du lac qui l'avait précédé. Il y a longtemps que je n'avais éprouvé un tel plaisir. Vous vous demandez peut-être pourquoi une personne qui reçoit tant d'autres gens trouve plaisir à être invitée à son tour mais je veux que vous sachiez combien votre attention m'a donné de joie.

J'ai un reproche à vous faire. J'ai lu dans le journal l'annonce de la mort de M. Tamaki et j'en ai été bouleversée mais je vous reproche de ne m'avoir pas donné un seul coup de téléphone à ce sujet. A parler franc, vous ne pouviez vous imaginer avec quelle impatience j'ai attendu jusqu'à aujourd'hui pour entendre le son de votre voix. Si nous m'aviez fait la faveur d'un seul mot pour me faire savoir ce qui était arrivé, j'aurais eu la preuve que vous pensiez à moi. Je ne puis dire combien j'ai été déçue.

Je n'ai pas l'intention de vous ennuyer par la répétition d'irritants griefs. Veuillez jeter cette lettre qui n'est que l'expression de l'impatience d'un cœur qui vous est extrêmement attaché. Il me tarde de vous voir; si je ne le pouvais, la vie me serait inutile.

Kazu.

Le lendemain, Kazu étant allée, en raison d'obligations sociales, à une répétition de danses, éclata en pleurs en entendant la mélodie par laquelle commence « Yasuma » : « Amour, ô amour, ne m'abandonne pas à mi-chemin, amour ! »

Le surlendemain, un peu avant midi, Noguchi téléphona. Il parla d'un ton naturel comme si rien n'était arrivé et ne fit pas la moindre allusion aux reproches contenus dans la lettre de Kazu. Son ton au téléphone était compassé, dénué d'humour, pourtant la conversation, de pause en pause, dura passablement longtemps. Ils se promirent de se revoir. Finalement Kazu incapable de se contenir plus longtemps dit avec une nuance de reproche :

— Pourquoi ne m'avez-vous pas prévenue directement ?

A l'autre bout du fil, Noguchi se tut, puis il répliqua

d'un ton indistinct en riant d'un rire étouffé, embarrassé :

— En fait, je n'avais pas de raison ; cela m'ennuyait, tout simplement.

Kazu ne pouvait comprendre pareille réponse. « Cela l'ennuyait », voilà clairement ce qu'avait dit le vieillard.

6

Jusqu'au départ pour le voyage.

Ensuite, ils se rencontrèrent fréquemment. Kazu alla même chez Noguchi. Il vivait seul dans une vieille maison de Shiina machi. Kazu fut rassurée en constatant que la personne qui s'occupait de lui était une servante d'âge moyen, laide. Sans perdre un instant, Kazu s'affaira activement autour de tout ce qui touchait la vie privée de Noguchi. Tout ce qui était nécessaire à un repas du 1er janvier fut envoyé de l'Ermitage.

Les étagères du cabinet de travail de Noguchi étaient remplies de livres européens. Kazu, incapable de lire ces langues, se sentait pleine de respect devant eux. Noguchi, sachant quel effet ils produiraient sur elle, la reçut dans son cabinet de travail quand elle vint le voir. Regardant tous ces rayons autour d'elle, Kazu demanda naïvement :

— Avez-vous lu tous ces livres-là ?
— Presque tous.
— Il doit y en avoir de scabreux dans la masse ?
— Il n'y en a pas un seul.

Cette déclaration l'étonna sincèrement. Le monde du savoir, un monde composé uniquement d'éléments intellectuels, dépassait entièrement sa compréhension. Tout, ici-bas n'avait-il pas une double face? Cependant Noguchi lui donnait sans cesse l'impression que lui seul n'en possédait pas; il paraissait ne pas en avoir d'autre que celle qu'il montrait. Naturellement, en principe, Kazu ne croyait pas à l'existence de tels êtres. Elle n'y croyait pas et pourtant, il se forma peu à peu dans son esprit une sorte d'image idéale, irritante, incomplète, de Noguchi. Ses manières intransigeantes prirent à ses yeux une teinte inexprimablement mystérieuse, fascinante.

En fréquentant Noguchi, Kazu découvrit que le monde avait presque entièrement oublié son existence. Elle s'étonna de ce que Noguchi n'en paraissait nullement affecté. Elle n'avait aucun intérêt pour les idées de réforme que Noguchi avait embrassées, mais elle réfléchissait au désaccord, qui devrait disparaître tôt ou tard, entre la nouveauté de ces idées et l'oubli dans lequel le monde le tenait. Comment pouvait-on accorder une existence qui ressemblait à la mort et des pensées pleines de vie? Même après qu'il eut subi une deuxième défaite aux élections législatives, le nom de Noguchi figurait sur la liste des conseillers du parti réformateur et, cependant, quand il devait se rendre aux réunions du parti, on ne lui envoyait même pas une voiture. Kazu apprit qu'il faisait le trajet cramponné aux courroies de suspension du tramway, ce qui la mit hors d'elle.

Chaque fois que Kazu venait en visite chez Noguchi, elle s'inquiétait en faisant çà et là des découvertes telles que celle qui l'avait ennuyée au début, du manque de fraîcheur de ses chemises ou de l'usure du bas des manches de ses costumes; c'était la dissymétrie des vantaux du portail, c'était la peinture des bois de la maison de style occidental qui s'en allait en poussière, ou le lichen qui gagnait à l'intérieur du portail, ou encore la sonnette de l'entrée laissée hors d'usage. Kazu n'était pas encore libre de faire faire des réparations à son gré. D'autre part, l'attitude de Noguchi ne lui permettait pas d'accepter au-delà d'un certain degré les faveurs de Kazu. La froideur de cette attitude était pour Kazu un stimulant qui la portait à rechercher une plus grande intimité.

En janvier, ils allèrent au théâtre Kabuki sur la proposition de Kazu. Celle-ci pleura à tous les passages pathétiques, tandis que Noguchi resta impassible d'un bout à l'autre de la représentation.

— Qu'est-ce qui vous fait pleurer en regardant des pièces aussi stupides? demanda Noguchi avec curiosité quand ils se promenèrent dans les couloirs au cours de l'entracte.

— Je n'ai pas de raison particulière; les larmes me viennent tout naturellement.

— Ce « tout naturellement » m'amuse. Tâchez donc de m'expliquer cela.

Noguchi taquinait Kazu d'un ton solennel comme si elle avait été une petite fille. Kazu n'avait pas la moindre intention de jouer les hypocrites mais à ce moment, se sentant taquinée sincèrement par Noguchi, elle avait réellement peur de lui.

Ce jour-là, Noguchi perdit son briquet Dunhill dans le théâtre. En s'en apercevant, sa consternation fut extrême ; toute la dignité et le calme qu'il assumait un instant auparavant s'étaient évanouis. Il nota qu'il ne l'avait plus au cours de la comédie que l'on donnait comme seconde pièce. Il se leva à demi, fouilla dans toutes ses poches. Son expression en disant : « Je ne l'ai pas... je ne l'ai pas » contrastait avec son air habituel.

— Qu'y a-t-il ? lui demanda Kazu sans recevoir de réponse.

Finalement, Noguchi, repliant ses jambes, se pencha pour regarder sous son siège. A ce moment une idée lui vint et il se mit à dire en parlant tout seul à voix haute :

— Sûrement... dans le couloir. C'est sûrement dans le couloir !

Autour de lui les spectateurs se retournèrent en fronçant les sourcils et en faisant : chut ! Kazu se leva et partit, Noguchi sur ses traces. Une fois dans le couloir, elle lui dit avec calme cette fois.

— Pouvez-vous me dire ce que vous avez perdu ?

— C'est mon briquet Dunhill. Même si je voulais en acheter un aujourd'hui au Japon, je ne pourrais jamais m'en procurer un comme ce vieux-là.

— Pendant l'entracte, c'est par ici que nous avons bavardé.

— Oui, c'était par ici.

Noguchi parlait d'une voix entrecoupée et Kazu avait pitié de lui. Ils allèrent à l'endroit en question ; on n'apercevait aucun objet sur la moquette d'un rouge éclatant. Une employée d'âge moyen, en uniforme, qui au bureau de réception avait du temps de reste pendant la représentation, s'approcha.

— Ne serait-ce pas cet objet que vous cherchez ?

Ce qu'elle montrait était indiscutablement le briquet de Noguchi. Le visage de Noguchi en l'apercevant montra une joie sincère que Kazu devait se rappeler longtemps encore, taquinant souvent Noguchi à qui elle disait : « Je voudrais que vous montriez ce visage non seulement aux briquets mais aux humains ! » Mais de tels incidents ne décourageaient pas Kazu. Ses yeux étaient exempts de préjugés et elle vit seulement que Noguchi s'attachait innocemment comme un enfant aux objets qu'il possédait.

Il y eut d'autres incidents analogues. Au cours de la réunion de la Société Kagen, il avait dit : « Cessons de parler du passé. Nous sommes encore jeunes, que diable ! » ce qui traduisait son opinion quant aux gloires passées, mais quand il s'agissait d'objets appartenant au passé, il s'y montrait extrêmement attaché. Lorsque Kazu le connut plus intimement, elle le vit souvent tirer de sa poche un vieux peigne qu'il passait dans sa chevelure argentée. En le questionnant elle apprit que ce peigne lui servait depuis plus de trente ans. Quand il était jeune, ses cheveux étaient si drus qu'il y cassait les dents de ses peignes, alors il s'était fait faire un solide peigne en buis qui était celui-là.

On ne pouvait dire que ces habitudes tenaient à l'avarice ou à la pauvreté. Par réaction contre la mode frivole qui, sous l'influence de l'économie américaine des dépenses de consommation, faisait courir après tous les produits nouveaux, Noguchi restait obstinément fidèle à l'élégance anglaise d'un attachement aux vieilles habitudes. L'esprit de frugalité du confucianisme s'accordait très bien avec ces goûts aristocratiques. Kazu ne s'expliquait pas le dandysme exagéré de Noguchi, qui n'avait plus cours par les temps actuels.

Au cours de sa promenade matinale qu'elle ne manquait jamais de faire même au cœur de l'hiver, Kazu tout en écrasant les aiguilles de glace sous ses pas se demandait, perplexe, ce qui lui plaisait le mieux chez Noguchi, ce qui la fascinait le plus, de sa carrière aristocratique d'ancien ministre ou des idées de réforme auxquelles il croyait aujourd'hui. Sa carrière brillait d'un lustre doré qui frappait aisément les yeux du vulgaire. Ses idées, bien qu'elle ne les comprît pas, lui donnaient la sensation de quelque chose de vivant, tourné vers l'avenir. Pour elle ces deux aspects étaient comme des traits physiques qui s'harmonisaient; la question d'un choix entre les deux équivalait à lui demander ce qu'elle préférait, de son nez pointu ou de ses oreilles distinguées. Leur amour progressa très doucement. Ils se donnèrent leur premier baiser lors d'une visite du jour de l'an que Kazu fit à Noguchi. Elle portait un kimono d'un fond céladon sur lequel on avait teint des feuilles de bambou nain blanches, des gabions argent, des petits pins vert foncé. Sur sa ceinture gris argenté était brodé un gros homard vermillon et or. Elle quitta son manteau de vison qu'elle laissa dans la voiture.

Même au premier jour de l'an, le portail était fermé et la maison de Noguchi paraissait déserte. Pourtant Kazu savait que la sonnette détériorée avait été réparée. Au cours des visites qu'elle avait faites à maintes reprises, Kazu avait remarqué que la servante de Noguchi ne se montrait qu'après l'avoir fait longtemps attendre et qu'elle la regardait avec une expression voisine du mépris. Un jour, Noguchi lui avait fait chercher sur les rayons un livre allemand dont il lui nomma le titre. La femme avait répété le titre allemand, sans hésiter, et parcourant des yeux les rayons elle en tira immédiatement le livre. Depuis ce jour Kazu détesta cette femme.

Dans ces parages éloignés de la grande rue, en dehors de l'écho lointain, froid et sec des volants frappant les raquettes du nouvel an des enfants, on n'entendait rien. Kazu avait honte devant le chauffeur de devoir chaque fois attendre indéfiniment après être descendue de voiture et avoir pressé le bouton de la sonnette. Sur cette maison une seule chose était nouvelle en cette nouvelle année : le pin planté traditionnellement à la porte, éclairé obliquement par le clair soleil d'hiver.

Kazu regardait fixement cette rue où il ne passait personne. Les rayons du soleil faisaient ressortir les innombrables creux et bosses du revêtement dégradé du chemin. Les ombres des arbres et des poteaux télégraphiques tombaient sur la rue. A un endroit, apparaissait la terre noire, plaisante, qui avait dégelé et qui portait l'empreinte d'un gros pneu.

Kazu tendait l'oreille du côté du jeu de volant. Le bruit paraissait venir d'un jardin voisin mais les enfants qui jouaient étaient invisibles; on ne les entendait pas rire. Le bruit s'arrêta. Le volant a dû tomber, pensa Kazu. Peu après, les chocs rythmés se succédèrent : le jeu avait repris, puis il s'arrêta de nouveau. Pendant les interruptions irritantes qui se répétaient, Kazu croyait voir le volant aux vives couleurs tombé dans la boue noire du dégel. Tout d'un coup, cette partie invisible, qui se jouait derrière un mur, la fit penser à un jeu auquel on se livrerait en cachette loin des yeux du monde.

Elle entendit un bruit de socques qui s'approchait de la petite porte à côté du portail. Kazu se raidit à la pensée qu'il lui fallait voir cette servante détestée. La porte s'ouvrit : c'était Noguchi lui-même qui s'avançait pour la saluer; de surprise, le visage de Kazu s'empourpra.

— J'ai envoyé ma servante se promener; aujourd'hui je suis seul, dit Noguchi qui était vêtu d'un costume japonais de cérémonie.

— Tous mes vœux pour la nouvelle année ! Eh bien, vous êtes superbe dans ce vêtement de cérémonie.

En franchissant la petite porte de côté du portail, Kazu fut immédiatement saisie de jalousie en pensant à la manière impeccable dont Noguchi était vêtu. Qui pouvait l'avoir aidé à s'habiller ? Cette pensée l'obséda au point qu'après avoir traversé le couloir pour entrer dans le salon elle était maussade.

Noguchi avait l'habitude d'ignorer de telles sautes d'humeur de la part de Kazu. Prenant de ses mains le flacon contenant le traditionnel saké doux il en offrit à Kazu. Elle pensa qu'il ne fallait pas commencer l'année en prenant de mauvaise grâce la coupe de laque aux dessins en relief et, à son habitude, elle éclata. Alors Noguchi lui dit :

— Comme c'est bête ! C'est ma servante qui m'a habillé. Elle ne s'occupe pas de mes vêtements européens mais quand il s'agit des kimonos, elle est à son affaire.

— Si vous avez pour moi quelque sentiment, donnez congé à cette servante. Des servantes, je vous en trouverai tant que vous voudrez, qui seront plus attentionnées. Si vous ne lui donnez pas congé... — Kazu s'interrompit pour éclater en pleurs. — Même à la maison, je me fais tant de soucis à ce sujet que je ne puis dormir.

Noguchi opposa une résistance silencieuse. Il comptait les fruits de jaspe tombés d'un prunier rose d'hiver sur la barbe d'un dragon posé en dessous. Après avoir écouté quelque temps les plaintes de Kazu, il reprit le flacon de saké comme s'il l'avait oublié. Les mains couvertes d'un mouchoir trempé de larmes, Kazu prit la coupe qui lui était offerte malgré elle mais pour la jeter immédiatement sur les nattes. Elle pleura, la tête pressée contre les genoux du large pantalon de cérémonie en soie raide de Sendai que portait Noguchi. En même temps elle prit garde d'en salir la soie en étendant la partie sèche du mouchoir sur le pantalon.

Noguchi tapota doucement de sa main le nœud de sa ceinture. Kazu savait qu'en faisant ce geste, Noguchi apercevait par la large échancrure de son col la peau blanche de son dos fortement imprégnée d'un bon parfum. La caresse tranquille, distraite de la main de Noguchi donnait à Kazu l'impression d'une mélodie familière. C'est ensuite que tous deux se donnèrent leur premier baiser.

7

Le Puisage de l'eau au Nigatsu-dô.

Le voyage à Nara dans le but de voir le « Puisage de l'eau » avait fait depuis longtemps l'objet d'une promesse à Kazu, mais, en même temps, Noguchi y était invité par un ami qui occupait une haute position dans un journal. Naturellement tous les détails du voyage avaient été organisés par le journal. Outre Noguchi, se trouvaient invités un journaliste octogénaire, un homme dans les affaires, un économiste âgé. Lorsque Kazu apprit ces détails elle ne comprit pas pourquoi Noguchi l'entraînait dans un voyage semi-officiel.

Etant donné que Noguchi attachait une grande importance à séparer ce qui était public de ce qui était privé, il ne devait pas avoir embarqué Kazu dans cette invitation sans prévenir ses amis. Toutefois, s'il devait supporter les dépenses du voyage, il serait mieux pour tous les deux d'aller seuls dans un autre endroit. Il n'y avait pas de raison pour faire un tel voyage attirant l'attention du monde. Kazu avait entendu parler des rites du « Puisage de l'eau », alors elle était sûre que même s'ils allaient tous deux de leur côté sans se mêler au groupe du journal, ils le rencontreraient inévitablement quelque part cette nuit-là au Nigatsu-dô.

En outre, Kazu trouvait pénible que tout le poids des dépenses retombât sur Noguchi. En présence de tels amis de Noguchi il lui déplaisait de donner l'impression d'être d'une condition inférieure. Comme propriétaire de restaurant, il lui était indifférent de traiter avec les hommes les plus influents mais, dans le privé, il lui en coûtait de parler à ces personnes sur le même ton professionnel.

Kazu ne pouvait que se livrer à toutes sortes de suppositions. Elle était irritée en voyant que Noguchi ne lui donnait pas d'explication. Finalement, elle mit deux cent mille yen dans une enveloppe et se rendit chez Noguchi. Elle avait l'intention de les lui offrir pour les dépenses du voyage.

Kazu était habituée à voir des politiciens de renom recevoir avec indifférence des cadeaux en argent, Nagayama Genki lui-même avait accepté dix mille, vingt mille, cent mille yen et plus à titre d'argent de poche.

Mais les choses n'allaient pas de même avec Noguchi. L'argent fut le motif de leur première querelle. Elle découvrit que Noguchi envisageait ce voyage d'une manière simple.

— Je n'ai à payer que votre billet de chemin de fer et votre séjour à l'hôtel. Quant à moi, ayant été invité dès le début, je suis défrayé de toute dépense. Lorsque j'ai dit aux autres que j'emmenais la propriétaire de l'Ermitage, tous se sont réjouis ; ils voulaient que vous soyez invitée aussi mais j'ai insisté pour payer votre part. Cela ne vous paraît-il pas clair ?

— J'aurais désiré, pour notre premier voyage à deux, aller tous les deux seuls dans un endroit tranquille.

— Vraiment ? Je pensais vous présenter à mes amis.

Cette longue discussion prit fin brusquement sur ces derniers mots, Kazu étant émue. Les sentiments purs, simples de cet homme lui faisaient goûter une joie qui éclatait.

— Alors, nous ferons comme vous l'avez dit. En revanche, après ce voyage, pour remercier ces messieurs de m'avoir invitée avec eux, qu'en diriez-vous si je les invitais à mon tour, à l'Ermitage ?

— Ce serait une bonne idée, acquiesça Noguchi non sans froideur.

Le groupe des voyageurs se retrouva le 12 au matin à la gare de Tôkyô pour prendre « l'Hirondelle » qui partait à neuf heures. Kazu fut surprise de voir combien Noguchi paraissait jeune. C'était naturel, trois des hommes sur les cinq avaient dépassé soixante-dix ans.

Kazu s'était donné beaucoup de peine pour choisir ses vêtements pour ce voyage qui, de fait, montrait pour la première fois au public ses relations avec Noguchi. L'idée lui était venue de faire teindre sur son kimono quelque chose rappelant le nom de Noguchi Yûken. Mais dans ce nom à l'aspect sévère il n'y avait que le caractère No (prairie) qui se prêtât à une représentation graphique.

Elle commença de bonne heure ses préparatifs. Après de longues réflexions elle conclut que même si personne ne comprenait le rapport que présenterait le dessin avec le nom de Noguchi, elle serait satisfaite si elle était seule à le comprendre. Sur un crêpe de Chine d'une nuance tranquille, noire avec des mouchetures, elle fit teindre en blanc des prêles des champs et des pissenlits, le dessin étant rehaussé de poudre d'or, de manière à suggérer la prairie (no) au printemps. Sa ceinture d'un vert pâle à rayures était retenue par un ruban à motifs de nuages. Son manteau gris souris aux fines raies serrées comme les filets d'une cascade, portait son blason et la doublure en était d'un pourpre couleur du raisin noir. Elle avait apporté tous ses soins au choix de cette doublure.

L'octogénaire aux cheveux blancs, considéré comme le pionnier du journalisme japonais, était l'objet de tous les égards de la part des autres. Il était docteur en droit et laissait de nombreuses traductions de littérature anglaise. Cynique à la manière anglaise, il était en faveur de tous les progrès sociaux, toutefois, ce vieux célibataire se déclarait contre la loi abolissant la prostitution. Il se permettait de tutoyer Noguchi. L'industriel en retraite était un poète raffiné de haikai[1]. L'économiste racontait toute une série de médisances sur les gens.

Tous ces vieillards étaient de bonne humeur, aucun

---

1. *Haikai,* ou *haiku,* ou *hokku* : courte poésie de 17 syllabes en trois vers (5, 7, 5).

n'ignora Kazu, aucun ne se força pour gagner ses bonnes grâces; le voyage jusqu'à Nara se passa agréablement. L'économiste prit tous les hommes de la politique et de la finance les uns après les autres et les qualifia d'idiots, de bons à rien, coquins, opportunistes, débiles mentaux, fous, gaillards qui vous nuisent en feignant de vous rendre service, gens irréfléchis, ladres sans pareils dans l'histoire, frappés d'artériosclérose, imbéciles, épileptiques. Lorsqu'il eut fini, la conversation passa aux haikai.

— Je ne puis regarder les haikai avec d'autres yeux que ceux d'un Occidental, dit l'octogénaire, qui ajouta en faisant appel à sa mémoire encyclopédique : Il y a dans les *Propos sur le haikai* de Tarada Torahiko l'histoire d'un jeune physicien allemand qui était venu en congé au Japon et qui devint expert en tout ce qui était japonais; il dit fièrement un jour à ses amis japonais : « J'ai composé un haikai ! » et leur montra ceci :

A Kamakura. Beaucoup de grues. Il y avait.

« Evidemment le nombre des pieds : 5, 7, 5 s'y trouvait. Entre ceux que je fais et celui-là la distance n'est pas si grande ! Voilà celui que j'ai fait en écoutant notre ami :

Gens de la politique, gens de la finance. Tous, un tas d'imbéciles.

Tout le monde rit, bien que si la plaisanterie était sortie de la bouche d'un jeune homme il est probable que personne n'aurait ri. Lorsque la conversation était passée aux haikai, Kazu s'était sentie gênée en pensant à la doublure de son manteau. Bien que le train fût chauffé, elle hésita à retirer son manteau. Bientôt la conversation abandonna le haikai. Au cours de leur entretien, les hommes faisaient assaut de précision dans leurs souvenirs et attachaient une importance excessive à l'exactitude de ceux-ci. En les écoutant sans dire un mot Kazu avait l'impression de se trouver parmi des jeunes gens luttant de vanité pour montrer leur connaissance des femmes. Ils pensaient donner de l'authenticité à leurs récits au moyen d'inutiles précisions, en entrant dans des détails superflus. Par exemple, alors qu'un jeune se serait contenté de dire, en parlant d'un événement survenu en 1937 : « Oui, cela a dû se passer vers 1935 ou 37 », ils disaient :

— C'est bien cela. C'était en 1937, le 7 juin, c'était sûrement le 7, un samedi je crois. J'avais quitté mon travail de bonne heure.

Plus la conversation s'animait plus ils s'efforçaient de lutter désespérément contre le déclin et leurs efforts ressemblaient à de l'énergie. Noguchi, là encore, faisait exception. Kazu ne comprenait pas l'intérêt qu'il pouvait trouver à cette compagnie. Lui seul conservait de la jeunesse en restant digne. Comme d'habitude il ne se mêlait que très peu à la conversation. Quand celle-ci devenait ennuyeuse il comptait avec application les tranches d'une clémentine qu'il avait pelée et il en offrait poliment la moitié exacte à Kazu sans mot dire. Que les tranches fussent grosses ou petites il n'en donnait que juste la moitié et cette moitié faisait moins de la moitié du fruit. Kazu s'amusa simplement de ce ridicule et regarda attentivement la fine peau ridée, de la même couleur que la lune du soir, qui restait obstinément collée à la chair du fruit.

Arrivé le soir à six heures et demie à Osaka, le groupe monta immédiatement dans la voiture qui l'attendait et qui prit tout de suite le chemin du Nara Hotel. Sans prendre le temps de se reposer, ils se rendirent à la salle à manger. Nara était exceptionnellement tiède pour la saison. Kazu à qui l'on avait parlé de la froidure terrible à l'époque du « Puisage de l'eau » se réjouit avec les vieillards de la douceur de cette soirée.

Pour l'assemblée dite Shu-ni-e au Nigatsu-dô du temple Tôdaiji à Nara les rites du Puisage de l'eau commencent chaque année le 1er mars ; toutefois ils n'atteignent leur plus haut degré qu'avec la procession aux torches dans la nuit du 12, au Puisage de l'eau et au curieux rite dit de Dattan le matin du 13, de bonne heure. C'est la nuit du 12 qui rassemble le plus grand nombre de visiteurs.

Après le dîner, le groupe se hâta vers le Nigatsu-dô. Le nombre des personnes rassemblées au pied du Nigatsu-dô était incroyable. Les assistants paraissaient moins s'être assemblés pour une cérémonie religieuse que pour voir un événement inaccoutumé.

Le moment s'approchait où l'on allait allumer les

grandes torches de pin; le groupe, guidé par un moine, se fraya un chemin dans l'obscurité vers le dessous de la plate-forme du Nigatsu-dô au travers d'une foule grouillante. Noguchi prit Kazu par la main et s'avança sans souci de ce qu'ils avaient sous leurs pieds. Il ne ressemblait en rien au Noguchi qui, à Ueno, ne pouvait traverser la rue où passaient les autos. Il avait peur des automobiles, mais pas des hommes. Quand il jouait des coudes au milieu de la foule rustique sa nature autoritaire profondément enracinée en lui se révélait.

Les visiteurs distingués furent conduits directement jusqu'à la palissade de bambou destinée à empêcher la foule de déferler dans le temple. Là, juste de l'autre côté de la palissade, se présentait un escalier de pierre. L'octogénaire eut toutes les peines à monter ce chemin pénible; il s'agrippait à la rampe pour reprendre son souffle. Le journaliste, qui se tourmentait toujours au sujet de son vieil ami, lui avait apporté un petit pliant.

Kazu avait mis ses sandales en lambeaux. Elle se trouvait dans la boue d'une pente couverte d'une herbe sèche et rare. Pour protéger un peu ses chaussures, elle empoigna la rampe. Elle tourna la tête vers Noguchi qui se trouvait derrière elle et lui sourit. Le visage souriant de Noguchi était enveloppé d'obscurité. Bien au-dessus de la tête de ce dernier, elle leva les yeux vers la majestueuse balustrade de la plate-forme du Nigatsu-dô et son toit débordant. Le dessous de ces bords du toit étaient illuminés par une lumière mystérieuse. Dans les intervalles, entre les cryptomères qui se dressaient comme des lances autour du temple, brillait une pluie d'étoiles.

Alors commença la cérémonie du « Septuple message ». Brandissant une torche, le moine chargé des offrandes, la robe relevée, monta et descendit hardiment nombre de fois en courant les degrés de pierre. D'une voix tonnante il proclame les diverses invitations : à l'encens, aux rites, à l'assistance au culte... pendant que sa torche déversait une pluie d'étincelles. Aux yeux des personnes qui ne connaissaient pas les vieilles traditions de la doctrine ésotérique ou du ryôbu shintô[1], l'apparition d'un tel moine, l'excitation de son comportement, la ferveur de ses mouvements, semblaient les signes annonciateurs d'une catastrophe. Puis le moine étant parti, les torches n'éclairant plus les degrés déserts, on eut l'impression que quelque chose allait se produire sur l'escalier de pierre vide. Les croyances de Kazu n'avaient jamais été très fermes ; ce qu'elle ne voyait pas de ses yeux ne disait rien à son esprit mais tandis qu'elle était là agrippée à la rampe de bambou, levant les yeux vers l'escalier de pierre dont la lueur blanchâtre et glacée se perdait dans l'obscurité en arrivant à la plate-forme, elle s'imagina que son esprit allait monter les marches pour participer à un événement important du monde invisible.

Malgré son joyeux optimisme, Kazu pensait quelquefois à ce qu'elle deviendrait après sa mort. Alors,

1. *Ryôbu shintô* : association du bouddhisme et du shintô.

elle reliait immédiatement cette pensée aux obstacles à son salut causés par ses péchés. Sentant la chaleur du pardessus de Noguchi qui enveloppait son dos et ses côtés, ses nombreuses amours d'autrefois, auxquelles elle n'avait jamais fait allusion devant Noguchi, ressuscitèrent dans sa mémoire. Des hommes étaient morts pour elle quand elle était jeune. Certains avaient sombré au plus bas de l'échelle sociale à cause d'elle. D'autres avaient perdu leur position et leur fortune. Il était étonnant que Kazu n'ait pas fait l'expérience d'élever un homme à une situation brillante ou d'assurer son succès. Malgré l'absence de tout mauvais dessein dans son esprit, les hommes tombaient généralement après l'avoir connue.

Tout en levant les yeux vers l'escalier de pierre qui se perdait dans l'obscurité, les pensées de Kazu se tournaient vers son sort après la mort. Le passé s'était déroulé pièce à pièce; elle n'avait rien sur quoi elle pût s'appuyer. Si elle mourait dans sa position présente, il n'y aurait probablement personne pour prier pour elle. Réfléchissant à ce qui adviendrait après sa mort, elle pensa qu'il lui fallait trouver quelqu'un qui fût son appui, avoir une famille, mener la vie normale. Mais pour cela il fallait encore se lancer dans des affaires d'amour et elle ne pouvait s'y résoudre sans craindre les obstructions apportées au salut par les péchés. L'automne dernier, dans les promenades qu'elle faisait chaque matin à l'Ermitage elle regardait le monde et les hommes comme elle regardait son parc; elle était parfaitement convaincue que rien ne la troublerait plus. Mais maintenant elle se demandait si cet état de pure clarté n'était pas le présage de l'enfer. Elle avait entendu dire par le moine qui leur servait de guide que les rites du Shu-ni-e étaient de bout en bout, d'après la tradition, des exercices de contrition et d'effacement des fautes. Elle s'imagina qu'ils s'appliquaient à elle-même.

La rumeur se propagea autour d'elle que les torches allaient enfin partir. Les douze grandes torches avaient été confectionnées à côté du pavillon des bains du temple. Chacune était faite d'un énorme bambou d'une quarantaine de centimètres de tour et d'une longueur de plus de sept mètres, au haut duquel étaient fixées des torches disposées en une corbeille de plus d'un mètre de diamètre.

Plusieurs moines dont le grand collet triangulaire dépassait la chasuble d'or s'étaient placés de l'autre côté de la rampe masquant la vue de Kazu qui s'efforça d'apercevoir les torches entre leurs épaules, mais elle était trop petite et elle n'y parvint pas. Elle dit à Noguchi : « Laissez-moi monter sur votre dos. » Noguchi sourit d'un air ambigu et enfonça sa tête dans son cache-nez. Juste à ce moment un grondement éclata et le visage de Noguchi fut pris dans la lueur projetée par les flammes.

Kazu tourna rapidement les yeux vers l'autre côté de la rampe. Le bruit venait du feu qu'on avait mis aux torches et qui éclairait d'une lueur jaunâtre les murs blancs dont il montrait toutes les craquelures et les graffiti. Soudain de grandes flammes apparurent ; les moines aux hauts collets se garantirent le visage avec leurs éventails et leur silhouette se découpa sur le fond illuminé. Des grappes serrées d'étincelles explosaient et les feuilles vertes de thuya fichées au bout des torches apparaissaient. On vit la lueur du feu se refléter sur les bras vigoureux des jeunes gens porteurs des énormes bambous. Kazu retint son souffle en suivant du regard ce feu qui montait les degrés de pierre.

Les jeunes gens montèrent l'escalier avec ces torches dont chacune pesait jusqu'à soixante-quinze kilos. Une pluie d'étincelles tombait et faisait fleurir çà et là sur les degrés de pierre des lotus rouges. De temps en temps le feu prenait sur un pilier de la galerie d'accès qui se mettait à brûler mais un serviteur vêtu de blanc qui montait par-derrière passait un balai plongé dans l'eau pour éteindre le feu.

La vue de ce feu solitaire, déchaîné, reflété dans les regards intenses de la foule entassée sous le temple émouvait tellement Kazu que ses yeux se mouillaient d'excitation.

Parlant de la gorge d'une voix enrouée, elle serra fortement dans sa main moite la main de Noguchi et dit enfin :

— Est-ce beau ! Est-ce beau ! Cela valait la peine de venir à Nara.

Etant parvenus à la plate-forme du temple, les porteurs de torches se reposèrent un instant contre la balustrade, du côté gauche. Un nouveau grondement de feu monta aux oreilles de Kazu. Un autre groupe de porteurs de torches se montra au bas de l'escalier. Au même moment, ceux qui se trouvaient sur la plate-forme se mirent à courir avec furie comme des lions en flammes faisant tomber de leurs torches agitées une pluie d'étincelles sur les têtes de la foule. Le feu s'étendit vers la droite de la balustrade jetant une lueur rouge vers le dessous des larges poutres de l'avant-toit. Puis, l'intensité des flammes des torches du côté droit s'affaiblit un peu mais secouées de nouveau elles reprirent leur vigueur et le vert foncé des cryptomères en forme de cônes apparut encore plus accentué dans le tourbillon des étincelles.

La foule plongée jusque-là dans l'obscurité en émergeait maintenant; de bruyantes invocations adressées au Bouddha se mêlèrent au vacarme général. Une pluie d'étincelles semblables à de la poussière d'or tombait sur les têtes des spectateurs que dominait la grandiose et sombre construction du Nigatsu-dô.

— Est-ce beau! N'est-ce pas? ne cessait de répéter Kazu.

Lorsque Noguchi la regarda, il vit qu'elle pleurait.

Lorsqu'ils rentrèrent à l'hôtel, le jour allait poindre. Ils ne pouvaient attendre jusqu'à la célébration du rite curieux de Datta qui a lieu de grand matin après la cérémonie du Puisage de l'eau. Une fois dans leur chambre d'hôtel ils entendirent par la fenêtre les coqs qui chantaient au loin. Pourtant le ciel n'avait pas encore commencé à s'éclaircir.

Noguchi suggéra de prendre un bain puis de se mettre au lit. Kazu, les yeux encore brillants par l'effet de son excitation, déclara qu'en dépit de la fatigue elle ne pourrait dormir. Elle enleva son manteau et, en se disposant à le plier, elle attira l'attention de Noguchi sur la doublure. Noguchi s'approcha du lit sur lequel le manteau était étendu sous la lumière des lampes. La doublure était d'une nuance sage d'un pourpre couleur de raisin noir; un hokku, écrit d'une main habile, s'y détachait en blanc.

— Qu'est-ce donc? demanda Noguchi tout en dénouant sa cravate.

— C'est un hokku de Sôgi. J'ai demandé à un calligraphe de me l'écrire pour ce voyage. C'est déjà le printemps, vous savez.

Kazu n'ajouta pas que c'était le marchand de tissus qui lui avait, le premier, suggéré ce hokku de Sôgi.

« Même si je dois attendre », lut Noguchi.

— Même si je dois attendre,
  Que je sache seulement,
  O fleurs du printemps!

Noguchi cessa de dénouer sa cravate et regarda longuement le poème en silence. Kazu jugea belle sa main sèche pleine de veines gonflées.

— Evidemment, dit-il enfin. Il n'ajouta rien.

A l'aube, l'homme de plus de soixante ans et la femme qui en avait cinquante dormaient dans le même lit.

8

Le mariage.

Une semaine après le retour du Puisage de l'eau, Kazu ne put attendre plus longtemps pour inviter le groupe à l'Ermitage à titre de remerciement. Le menu de ce soir-là était le suivant :

Hors-d'œuvre : Salade de prêles des champs et de sésame. Filets de poisson fumé. Anguille de mer bouillie au sel. Petits pagres roulés dans des feuilles de bambou.
Potages : Potage aux prunes, pâtes en étoiles, avec civette et bourgeons.
Poissons crus : Pagre. Maquereau.
Grillade : Grandes langoustes grillées au sel avec champignons crus.
Bouillis : Algue Wakame de Naruto cuite avec des pousses nouvelles de bambou et de bourgeons.

Malgré le petit nombre d'invités, Kazu les reçut spécialement dans le grand salon. Elle savait que cette soirée resterait longtemps dans les mémoires.

Après le départ des hommes occupés par leurs affaires, Noguchi et Kazu étaient restés à Nara deux nuits encore. Ils firent le tour des divers temples. Par une matinée splendide, ils allèrent visiter de nouveau le Nigatsu-dô où les cérémonies du Shu-ni-e étaient à peu près terminées et ils montèrent par l'escalier de pierre jusqu'à la plate-forme. Les jeunes gens qui avaient travaillé si joyeusement le jour de leur visite avaient repris leurs physionomies naïves et honnêtes de jeunes paysans; ils étaient assis sur les degrés, se chauffant au soleil. Vue du haut de la plate-forme, la pente au gazon sec paraissait avoir été incendiée. A côté des jeunes pousses dont le vert s'étendait comme une teinture verte qu'on aurait répandue, l'herbe grillée par le soleil montrait ses robustes tiges brûlées.

Ils se promenèrent sans beaucoup parler. Noguchi ne disait que des choses empreintes de raison. Après avoir abordé et quitté divers sujets, tous deux en arrivèrent à parler de leur mariage. Sans donner libre cours à sa passion, Kazu écouta d'abord avec attention l'idée de Noguchi, puis développa tout droit la sienne. De toute manière elle ne voulait pas abandonner l'Ermitage. D'autre part, un homme comme Noguchi ne pouvait pas venir habiter l'Ermitage. Dès lors leur union devait avoir quelque chose d'irrégulier. Kazu irait chez Noguchi à la fin de chaque semaine et le couple passerait ensemble le week-end. Le lundi matin Kazu retournerait à Koishikawa pour y reprendre ses affaires. Telle est la conclusion à laquelle ils arrivèrent.

Grâce à la pureté de l'air du premier printemps, au

calme de l'ancienne capitale, les plans qu'ils mûrirent, les décisions auxquelles ils s'arrêtèrent leur semblèrent parfaitement raisonnables. Kazu se trouva étonnée de constater que ce destin imprévu ne lui apportait qu'une joie tranquille sans aucune agitation violente.

Kazu devint la femme d'un homme distingué. Elle réfléchit et pensa que c'était la réalisation d'un rêve caressé au cours d'une longue vie. Née à Niigata, elle avait perdu ses parents et avait été adoptée par une parente, propriétaire d'un restaurant. Elle s'était envolée vers Tôkyô avec son premier amant. Après avoir connu toutes sortes de difficultés elle était arrivée à sa situation présente ; elle avait la conviction de pouvoir réussir dans tout ce qu'elle entreprendrait. Cette conviction était certainement illogique mais de toute manière, elle avait gouverné toutes ses actions.

Jusqu'à l'automne dernier elle s'était imaginé que tous ses espoirs avaient été réalisés et que sa conviction avait épuisé ses effets. Après avoir rencontré Noguchi, elle avait été effrayée de voir son cœur s'enflammer d'une manière inattendue et elle s'était aperçue qu'il restait une possibilité d'emploi pour sa conviction.

Plus tard, Kazu fut maintes fois incomprise par la société à cause de la surprenante coïncidence entre sa passion et cette conviction. Mais il serait injuste de penser que son amour pour Noguchi avait un but utilitaire ou de croire qu'elle avait cherché seulement à acquérir un nom distingué. Son amour pour Noguchi s'était développé naturellement ; guidée dans ses actions par sa seule inclination elle n'avait mis aucune hâte à réaliser son rêve qui s'accomplit tout seul. Pendant que fermentait la liqueur, Kazu était plongée dans un rêve; quand le saké fut fait elle trouva que le goût plaisait à son cœur.

L'incompréhension dont elle fut l'objet vint de la joie trop innocemment manifestée par la trop honnête Kazu à l'occasion de son mariage avec Noguchi; elle aurait dû l'accepter avec plus de réserve.

La soirée du 22 mars était déjà chaude pour la saison. Noguchi arriva de bonne heure pour aider Kazu à recevoir ses invités. Même en cette occasion il était parfaitement calme; il s'assit dans la salle à côté de Kazu, lui donnant ses instructions; son visage ne trahissait aucune émotion.

Après lui avoir montré le menu, elle ajouta :

— Aujourd'hui je donnerai un plat qui ne figure pas sur le menu. Il a des rapports avec le Puisage de l'eau mais comme il est un peu lourd, si je le sers trop tard, les invités ne le mangeront pas et cela m'ennuie. D'autre part je pense que vous préférez faire votre annonce vers la fin.

— Quel rapport y a-t-il entre mon annonce et ce plat spécial ? demanda d'un ton méfiant Noguchi qui faisait négligemment, avec les tisonniers, un trou dans la cendre du brasero ratissée avec soin.

— Eh bien ? dit Kazu hésitante, craignant comme toujours la réaction de Noguchi. En saisissant le moment où ce plat aura pleinement réjoui les invités pour faire votre annonce, ce sera élégant et l'effet sera merveilleux.

— Vous me demandez de jouer un rôle dans la pièce ?

— Mais non, ce n'est pas cela. C'est une idée originale. N'en cherche-t-on pas, des idées originales, à l'occasion des cérémonies de thé ?

— Il n'y a pas lieu de se livrer à une telle parade de foire. Cela ne vous semble-t-il pas évident ? J'ai l'intention d'annoncer la nouvelle à des amis sûrs, sympathiques. Si vous projetez quelque chose de brillant, vous auriez dû me le dire dès le début...

Kazu comprit que l'occasion lui échappait.

— Alors, je ferai comme vous l'entendez. Par égard pour la santé des invités, je le ferai servir après les hors-d'œuvre.

A ce moment une servante annonça l'arrivée du journaliste et de l'octogénaire.

Kazu reçut ces invités de marque avec le sourire le plus accueillant du monde. Elle avait donné en un clin d'œil au visage pensif qu'elle avait peu d'instants auparavant une expression si particulièrement joyeuse pour aller au-devant de ses hôtes que Noguchi qui restait seul en fut confondu, mais Kazu ne remarqua rien.

L'octogénaire tenait en main, à son habitude, une serviette de cuir. Ses magnifiques cheveux blancs tombaient sur ses oreilles ; il portait le manteau court et le pantalon raide de cérémonie et il avait grand air lorsque, la taille bien droite, il passa dans le grand salon. Le journaliste donnait, en présence de cet homme, l'impression que son unique raison de vivre était de jouer le rôle de son fidèle vassal.

— Ah! Noguchi! Ce voyage a été agréable, n'est-ce pas? dit l'octogénaire en allant s'asseoir tout droit à la place d'honneur.

Personne en dehors de lui ne pouvait prétendre à cette place. Dès qu'il fut assis, la conversation s'éloigna du voyage et il ne fut question que de la conférence qu'il avait faite la veille devant Sa Majesté, sur son désir exprès, et qui traitait de l'« Histoire du journalisme japonais ».

— Je n'ai pu entrer dans tous les détails dans un temps si court, dit le vieillard. Il m'a tout de même semblé que c'était à la période de Meiji que l'Empereur prenait le plus d'intérêt. Pour nous, gens âgés, il est naturel que cette période apparaisse « le bon vieux temps », mais pour Sa Majesté, il est dommage qu'il en soit apparemment de même.

— Maître, cela vient probablement de ce que vous l'avez fait apparaître comme « le bon vieux temps ».

— C'est possible mais il n'est pas encourageant de voir que l'Empereur ne place pas les temps actuels au premier rang de ses préoccupations.

Pendant que se tenaient ces propos, les autres invités arrivèrent et prirent place. Le saké circula. On servit les hors-d'œuvre. Kazu s'éloigna un instant. Elle revint peu après, accompagnée de deux servantes portant un immense plateau d'où s'élevaient des flammes bleues. Elle dit aux invités étonnés :

— Ce sont les torches du Nigatsu-dô !

Ce qui était disposé sur le plateau était un chef-d'œuvre de cuisine présenté avant tout pour les yeux. A chaque invité était destinée une torche dont le manche était fait d'un morceau de poulet et qui était surmonté, pour imiter la corbeille de feu, d'un petit oiseau imbibé d'un fort alcool européen pour jeter des flammes. Autour étaient disposées diverses herbes de montagne rappelant les montagnes de Nara. On voyait jusqu'à un petit écriteau rappelant celui qui, au bas du Nigatsu-dô, oblige les cavaliers à mettre pied à terre.

Tour à tour les invités louèrent l'idée. L'industriel, se félicitant d'avoir pu voir le Puisage de l'eau deux fois cette année, composa immédiatement un haiku impromptu sur ce sujet. Kazu jeta, à la dérobée, un regard sur le visage de Noguchi.

Rien n'était plus éloigné de la joie que l'expression de Noguchi à ce moment. Son visage trahissait une lutte qui paralysait son naturel. Le regard par lequel il répondit à celui de Kazu était presque haineux. Kazu supporta ce regard car elle était pleine d'un bonheur tranquille, presque impudent. Elle savait que le ressentiment de Noguchi cachait simplement ce petit point d'honneur selon lequel une femme ne devait pas en faire à sa tête.

Kazu se leva subitement et quitta sa place. Elle fit semblant d'aller loin au fond du couloir mais elle se cacha derrière les portes coulissantes de la pièce voisine.

Bientôt elle entendit la voix de Noguchi dans le

grand salon. Il disait précisément ce qu'elle avait attendu.

— Un mot seulement. Je veux vous annoncer, à vous qui êtes rassemblés ici, que je vais épouser la propriétaire de cette maison, Fukuzawa Kasu.

L'octogénaire célibataire rompit d'une voix enjouée le silence qui s'était établi un instant parmi les invités.

— Je croyais que Noguchi était le seul avec moi à posséder le génie de la vie. Je l'avais surestimé. Il n'avait pas ce génie : je l'en félicite. Buvons à sa santé. Mais où est la maîtresse de maison ?

Le vieillard proféra ces mots avec force puis il se tourna vers le journaliste et lui dit d'un ton de reproche :

— Qu'est-ce que vous attendez ? Téléphonez vite au journal. C'est l'événement sensationnel que votre journal doit être le premier à annoncer.

— Vous me traiterez donc toujours comme un reporter débutant, protesta le grand journaliste, ce qui fit rire tout le monde.

Une atmosphère de douceur régnait parmi les invités.

— Où est la maîtresse de maison ? cria l'octogénaire.

Kazu ne l'avait jamais entendu parler avec violence au cours du voyage mais elle comprit à sa voix qu'il affectait les manières rudes et impertinentes des étudiants du temps de Meiji. Lorsqu'elle se décida à retourner dans le grand salon, elle bouscula le journaliste qui allait téléphoner à son journal. En passant, ce journaliste bien élevé pinça l'épaule rondelette de Kazu puis s'enfuit.

Le lendemain matin la nouvelle était dans le journal. Nagayama Genki téléphona immédiatement. D'une voix claire il fit entendre les félicitations d'usage.

— Ah! Bonjour! Nous ne sommes pas vus depuis quelque temps mais je vous trouve en bonne santé. J'ai lu l'article dans le journal de ce matin; c'est un canard, n'est-ce pas?

Au bout du fil Kazu resta silencieuse.

— Hm. Je voudrais te parler à ce sujet. Ne voudrais-tu pas venir jusqu'à mon bureau!

Kazu donna comme excuse qu'elle était très occupée mais Genki n'accepta pas cette excuse.

— Celui qui est occupé, c'est moi. C'est pour toi que je veux te voir; il ne faut pas me dire que tu ne peux pas venir. Mon bureau est dans le building de Marunouchi[1]!

Genki avait de tous les côtés de prétendus bureaux. C'étaient, à vrai dire, les salons de réception des bureaux de ses amis. Toutefois il était surprenant de constater que dans n'importe lequel de ces bureaux, il n'avait, comme s'il était le président, qu'à presser sur un bouton de sonnerie pour traiter toutes sortes d'affaires; dans n'importe lequel il se comportait sans façon à l'égard des employés. Kazu connaissait le bureau du vieux Maru-Bill pour y être venue plusieurs

1. Les Japonais l'appellent communément : le Maru-bill.

fois. C'était le bureau de réception d'une grande société de pêcheries. Le président était du même pays que Nagayama.

Ce jour-là il faisait un temps de pluie fine et froide de début de printemps. En passant entre les magasins du rez-de-chaussée du vieux Maru-Bill qui paraissaient affreusement sombres, Kazu remarqua l'éclat triste du sol du couloir sur lequel dégouttait l'eau des parapluies. Les gens qui passaient dans leurs imperméables avaient un air mélancolique, peu avenant. Kazu, qui avait été si heureuse ce matin en lisant le journal qu'elle avait fait une offrande sur l'autel des dieux, sentit sa joie brusquement obscurcie par cet homme à qui elle avait donné de l'argent. Ne lui avait-elle pas offert tout l'argent qu'il lui avait demandé, sans rien exiger en retour ?

Dans l'ascenseur, toutes sortes d'idées lui venaient en tête mais une fois en présence du sourire effronté de Nagayama, tout souci la quitta et son expression redevint joyeuse. Elle se souvenait avec plaisir du moment où, un matin, pour un motif tout à fait privé, elle avait rencontré ce politicien occupé et célèbre.

Genki lança tout de go :

— Il n'y a ni rime ni raison dans ce que tu fais. Tu séduis un homme sans prévenir, sans demander le consentement de ton père !

— Holà ! N'êtes-vous pas simplement mon frère aîné ? Mais père ou frère aîné, vous n'êtes pas qualifié pour me faire des sermons, je vous le dis d'avance...

Une telle réponse n'était pas d'une Kazu normale ;

faite sur un ton un peu sec, elle sonnait comme une bravade inutile. Un léger sourire n'avait pas quitté le visage de Genki si potelé qu'on aurait cru que l'on avait découpé des mottes de glaise pour les apposer sur sa chair. Par habitude il roulait soigneusement entre ses doigts une cigarette pour l'amollir. Il lui dit :

— Pour le moment, il n'y a rien qui presse tellement. De toute manière, tu as passé l'âge où l'on se marie.

— C'est exact, depuis combien de dizaines d'années !

Après cet échange de plaisanteries, Kazu s'attendait à une question posée sur un ton démodé de vieux drame : « Alors, tu es vraiment éprise ? » à quoi elle allait répondre joyeusement : « Oui ! » Genki comprendrait tout par cette réponse et n'ajouterait rien. Mais Genki ne joua pas cette carte.

Il n'était pas un homme calme. Il était le seul homme dont Kazu ne savait à quel moment elle devrait lui donner du feu. Elle avait toujours dans la main une boîte d'allumettes ou des allumettes toutes prêtes ; aucun homme avec qui elle causait n'avait encore porté une cigarette à ses lèvres qu'une flamme jaillie tout naturellement la lui allumait. Mais avec Genki, c'était différent. Kazu n'arrivait jamais à tomber juste au moment où il s'apprêtait à respirer. Il manipulait toujours quelque chose du bout de ses gros doigts courts aux ongles spatulés. C'était tantôt une cigarette, tantôt un crayon, ou encore du papier ou un journal. Dans ces moments, ses yeux avaient le regard innocent et incertain d'un petit enfant, ses grosses lèvres brunes prenaient un pli boudeur. Au moment où il allait porter à ses lèvres la cigarette qu'il avait tordue à force de la manipuler, il la remettait à sa place.

Derrière la chaise de Nagayama une large fenêtre laissait voir la rue des buildings sous la pluie. Les deux rideaux de damas vert foncé étaient tirés de chaque côté. Les innombrables fenêtres de l'immeuble en face, illuminées depuis le matin par les lampes fluorescentes, luisaient au travers de la pluie d'une lumière étrangement proche et crue.

— En supposant que tu épouses Noguchi Yûken, qu'entends-tu faire du restaurant ?

— Je continuerai comme auparavant à diriger le restaurant.

— Cela n'ira pas. Un jour il se produira sûrement un conflit entre Noguchi et le restaurant. L'Ermitage a marché jusqu'ici grâce au patronage des conservateurs, moi le premier. Ne serait-il pas ridicule de voir que la propriétaire est la femme du conseiller du parti réformateur ?

— J'ai beaucoup réfléchi à cela. Pourquoi ne continuerais-je pas à être patronnée par le parti conservateur même si mon mari appartient au parti réformateur ? Il paraît que d'après la nouvelle constitution un mari et sa femme peuvent voter pour des partis différents.

— La question n'est pas là. Ne comprends-tu pas que je me fais du souci pour ton avenir ? Tout le monde peut voir que tu as tiré un mauvais numéro à la loterie.

Ce mariage ne vous profitera pas, ni à Noguchi ni à toi. Avec tes dons, tu pouvais entreprendre n'importe quelle grande chose; au lieu de cela, tu te fermes tous les chemins. Vois-tu, Kazu, se marier est analogue à l'achat de valeurs, il est normal d'acheter des valeurs quand leur cours est bas; pourquoi veux-tu en acheter comme celles-ci qui n'ont aucun espoir de monter? Noguchi avait de l'importance autrefois. Mais si l'on fait aujourd'hui une évaluation impartiale, la propriétaire de l'Ermitage vaut infiniment plus que l'ancien ministre Noguchi Yûken. Tu devrais mieux connaître ta propre valeur. Continuer à diriger l'Ermitage est le seul point où je te reconnaisse, mais tu n'es pas une femme faite pour te tenir tranquille dans un ménage. Tu n'en as pas le type.

— Je le sais bien.

— J'en étais sûr. C'est une chose que tu peux constater en te regardant chaque matin dans ton miroir. Quelle peut être l'idée de Noguchi? Il ne peut penser à se servir de toi?

Kazu sentit le sang lui monter au visage et elle s'écria :

— Il n'y a rien de bas dans sa nature. Ah! si c'était vous...

Genki sans se fâcher éclata de rire.

— Cela, c'est une pierre dans mon jardin. Mais reconnais que dans ma bassesse je suis habile; j'obtiens ce que je veux sans recourir à l'amour.

Finalement Genki porta une cigarette à sa bouche. Kazu la lui alluma. Il en tira une bouffée puis changeant brusquement le sujet de la conversation il entama une histoire scabreuse sans intérêt. La secrétaire de Nagayama étant venue pour annoncer que le visiteur suivant attendait, Kazu prit son châle et se leva. Les paroles qu'elle avait attendues tout au long de l'entrevue n'étaient pas sorties de la bouche de Genki.

Mais Genki aimait à baisser le rideau sur une impression de bonté. Il aimait par-dessus tout se donner l'illusion qu'il avait conquis un cœur. Il jeta froidement un regard vers la fenêtre pour regarder la pluie qui tombait puis il se retourna vers le dos de Kazu au moment où elle allait sortir et n'oublia pas de lui dire :

— J'espère que tu m'inviteras à la cérémonie.

Noguchi et Kazu se marièrent le 28 mai.

9

Une prétendue vie nouvelle.

Ni Noguchi ni Kazu ne s'attendaient à la sensation produite dans le public par leur mariage. Kazu dut faire l'expérience de l'assaut donné par les groupes de photographes des journaux et des revues. Noguchi fut surpris de constater que le monde ne l'avait pas encore oublié. Au cours de leur voyage de noces à l'hôtel de Gamagôri, ils firent le pèlerinage du temple de Yaotomi dans l'île de Benten ; Kazu allait faire à son habitude une énorme offrande, mais cette fois Noguchi le lui interdit formellement. Il lui donna comme raison pour la gronder qu'un tel geste était vulgaire. Sa brève réprimande avait un ton aristocratique réfrigérant qui glaça le cœur de Kazu.

De retour à Tôkyô, leur vie conjugale « irrégulière » commença. Chaque matin Kazu téléphonait longuement à Noguchi. Mais cela ne suffisait pas à diminuer ses motifs de soucis. Elle renvoya la servante cultivée de Noguchi et la remplaça par deux servantes et un étudiant-domestique. Tous trois étaient de fidèles serviteurs de Kazu. A l'occasion elle les faisait venir à l'Ermitage et les interrogeait sur la vie quotidienne de Noguchi.

Le samedi soir elle retournait à « leur maison », chargée d'une montagne de provisions à offrir à Noguchi. En quelques jours la maison de Noguchi fut pleine d'une quantité inutile d'alcools et de comestibles. L'arrivée de Kazu à la maison était agitée. Elle entrait en se tapotant les épaules, se plaignant des fatigues d'une semaine de travail, des difficultés de satisfaire les clients. Elle jetait un regard autour de la pièce de séjour vieillotte, en mauvais état, et disait :

— Ah ! Il fait bon d'être chez soi ! Je pousse un soupir de soulagement quand j'arrive ici.

Toutefois, Kazu reçut un choc quand elle apprit que leurs compagnons de voyage au Puisage de l'eau, qui leur avaient pourtant prodigué leurs félicitations au signal de l'octogénaire, propageaient d'affreux bruits à son sujet. Pendant le voyage, il paraît qu'elle avait pris des airs de femme mariée sans se soucier de ce qu'on pouvait en penser, elle avait affecté de n'avoir d'égards que pour Noguchi et d'ignorer les autres ; elle avait répondu à l'octogénaire de manière irrespectueuse ; quant à l'invitation qu'elle avait faite à l'Ermitage en guise de remerciement, c'était un prétexte à sa propre publicité : était-il nécessaire d'utiliser l'Ermitage pour annoncer ce mariage ? En tout cela, Noguchi était à plaindre. Le bruit de toutes ces rumeurs lui parvint. Quand elle les entendit elle se rappela qu'après que le mariage eut été annoncé, le grand journaliste lui avait pincé l'épaule ; elle s'imagina que la petite douleur que sur le moment elle avait trouvée amusante, plaisante, avait laissé une trace violette sur son épaule. Elle passa la main par-dessus son kimono pour masser l'endroit maltraité.

Elle rapporta ces rumeurs à Noguchi qui se mit en colère contre elle. Il avait emmené Kazu dans ce voyage et annoncé leur mariage uniquement à des hommes qui étaient des amis en qui il avait confiance. En se faisant l'écho de pareilles rumeurs, Kazu agissait comme si elle voulait jeter de l'eau froide sur les relations de son mari. C'était la première fois que Kazu s'apercevait que la noblesse de caractère de son mari manquait de discernement.

Un article raillant Noguchi parut dans un hebdomadaire. Le brusque passage de Noguchi au parti réformateur après guerre n'avait été qu'une publicité sans succès; il en serait de même pour son mariage avec Kazu. Celle-ci s'étonna de la perfidie astucieuse qui reliait les deux allusions. Noguchi dit qu'il valait mieux ignorer de telles attaques et resta froid, en apparence du moins.

Le mariage n'avait rien changé d'essentiel dans la vie de Kazu. Elle avait orné sa chambre de l'Ermitage avec des photographies de son voyage de noces. De temps à autre, entre la réception de deux groupes de clients, elle venait les regarder. Cette photo les représentait sur l'escalier de pierre à la pointe sud de l'île de Benten. Ils l'avaient fait prendre par un photographe qu'ils avaient amené de l'hôtel.

La photo datait d'un mois à peine, mais la pose que

l'on y avait prise était faite pour éveiller des souvenirs flatteurs chez ceux qui la regarderaient plus tard ; il y avait déjà de la coquetterie dans ces souvenirs. Quand elle s'en aperçut, son cœur si simple réagit, elle voulut chasser ces souvenirs mais plus elle les chassait plus ils revenaient clairement à sa mémoire et se précisaient.

Quand ils étaient arrivés derrière le temple de Yaotomi, la vue jusque-là bloquée par les arbres s'ouvrit brusquement devant eux dans la lumière du premier printemps... A ce moment, Kazu se sentait plutôt déprimée par la réprimande qu'elle avait reçue à propos de l'offrande au temple de sorte que le spectacle éclatant qui lui apparut soudain n'en fut que plus réconfortant.

— Oh ! Quelle vue admirable ! Regardez ! Comme c'est splendide !

— Nous prendrons la photo ici, répondit immédiatement Noguchi.

Le photographe se perchant non sans danger sur les racines des pins du bord de l'escalier de pierre installa son appareil. Le couple à mi-chemin sur les degrés contemplait la mer. Devant eux, encerclant l'île d'Oshima, la presqu'île de Nishiura vers l'ouest, le mont Kobo de Miya à l'est, l'eau scintillait paisiblement. La brume lointaine enveloppait les péninsules d'Atsumi et de Chita qui paraissaient se réunir. On aurait cru à un lac plutôt qu'à la mer. Les nombreuses estacades qui pointaient hors de l'eau renforçaient cette impression. Le ciel n'avait pas de vrais nuages ; la lumière du soleil les traversant partout dans les déchirures semblait déposer sur terre un coin de paradis.

Le photographe qui prenait une peine infinie les tint debout interminablement. Kazu remarqua que Noguchi qui s'était tenu raide comme une statue de bronze ne perdait pas de vue l'appareil. Cet homme qui avait pourtant été tellement pourchassé par des hordes de photographes n'avait rien perdu de sa raideur innée. Pour donner libre cours à son mécontentement d'avoir été grondée, Kazu sortit son poudrier, inspecta rapidement son visage et fit glisser furtivement les rayons réfléchis par son miroir depuis l'épaule de Noguchi jusqu'à ses joues raidies par la tension. Finalement l'éclat de ces rayons frappa de côté l'œil de Noguchi, qui, ébloui, se départit de son attitude figée. Juste à ce moment, le photographe relâchant sa vigilance pressa le déclic.

La photo qui se trouvait sur la petite table de Kazu n'était pas celle où Noguchi avait perdu la pose. Noguchi avait obtenu plus tard les négatifs du photographe et avait jeté ceux qui ne lui plaisaient pas. Celle-ci représentait un couple sérieux, d'âge moyen, baigné par la lumière de la mer en un début de printemps. Kazu, un peu de profil, était à moitié cachée par l'épaule de son mari.

Quoique femme, Kazu ne savait pas en quoi consiste le bonheur. Le mariage ne lui avait imposé aucun sacrifice ; il ne l'avait pas obligée à s'enfermer dans une maison étrangère ; elle n'avait pas de belle-mère, pas de belles-sœurs ; pourtant la vie conjugale n'avait pas apporté avec elle une vague de bonheur. Naturellement, quand Noguchi et elle sortaient ensemble comme mari et femme, elle ressentait une joie qu'elle ne pouvait dissimuler. Lorsqu'elle chercha à remonter à la source de ce plaisir d'ordre social, elle le relia à la joie mélancolique qui avait effleuré son cœur au cours de l'échange des coupes pour leur mariage. Pendant cet échange des coupes elle avait tenu la tête baissée pour retenir ses larmes mais elle pensait : « Ah ! Ainsi j'entrerai dans le tombeau de la famille Noguchi. J'aurai une place où reposer en paix. »

Le vaste parc de l'Ermitage s'effaçait de l'esprit de Kazu, remplacé par la claire vision de la petite pierre tombale d'une bonne famille. Ceci explique que la première chose que demanda Kazu à Noguchi à leur retour de leur voyage de noces fut d'aller faire une visite sur la tombe des Noguchi. Mais son mari qui n'aimait pas aller au cimetière renvoya la question à plus tard en invoquant divers prétextes. Finalement, un dimanche de la saison pluvieuse, Kazu décida Noguchi à se rendre au cimetière d'Aoyama.

Le jour était mélancolique en raison d'une pluie impalpable qui tombait par intervalles et donnait à la verdure du cimetière l'air d'être fraîchement éclose. Kazu et Noguchi, abrités sous le même parapluie, suivaient le gardien porteur de brindilles d'anis étoilé, de bâtons d'encens et d'un seau.

— Avec ce roulement incessant d'automobiles passant si près, les défunts ne peuvent reposer tranquillement, dit Kazu.

— Heureusement la tombe de la famille est un peu retirée, répondit Noguchi.

Cette tombe n'était pas aussi imposante que Kazu l'imaginait ; c'étaient des pierres grises, portant le blason familial et témoignant de l'ancienneté et de la gloire de la famille. Du fond du cœur Kazu goûtait ces choses. Sur ces pierres se lisait la succession de la lignée d'une belle famille qui n'avait pas cherché à s'imposer. Kazu, abritée par le parapluie que Noguchi tenait au-dessus d'elle, s'agenouilla devant la tombe et pria un temps plus long qu'il n'eût été naturel.

La fumée qui s'élevait du paquet de bâtons d'encens tourbillonnait dans la pluie fine ; elle s'arrêtait dans la chevelure de Kazu où ses volutes s'égaraient. Son odeur forte provoquait en elle une sorte de vertige de bonheur.

En vérité c'était une famille qui pouvait s'enorgueillir d'un passé immaculé ! Lors de la cérémonie de son mariage, Kazu n'avait pas eu l'occasion de rencontrer les membres de la famille encore vivants mais elle pouvait s'imaginer que ceux qui étaient morts avaient transmis de génération en génération leur attachement à des principes élevés, exempts de toutes machinations ténébreuses. On ne trouvait pas dans cette famille d'hommes misérablement indigents, ou lâches, ou menteurs, ou vils. Elle ne pouvait avoir compté de membres ayant pris part à des banquets obscènes de province, d'ivrognes qui allongeaient le bras sous le kimono vers les seins des filles gentilles, qui poursuivaient dans les trains de nuit des filles enfuies de chez elles, qui fréquentaient les ruelles des bas quartiers, qui y achetaient des caresses; elle se souvenait des petites ruses de toutes sortes auxquelles il fallait recourir pour se protéger des baisers impérieux demandés par des hommes impitoyables, de l'affection mêlée au mépris, d'un esprit de vengeance obstinée à l'adresse d'un ennemi inconnu. Lorsque Kazu était jeune et qu'elle lavait les jupons de la femme qui l'employait, l'un des membres de cette famille allait certainement manger de la cuisine française au restaurant ou élevait un petit oiseau dans une cage.

Maintenant, Kazu appartenait à la même famille que ces gens-là; elle serait enterrée un jour dans le même temple. Quand elle pensait qu'elle se fondrait dans le même courant pour ne jamais plus se séparer d'eux, quelle tranquillité d'esprit c'était pour elle! Quel véritable tour elle aurait joué à la destinée! Lorsqu'elle serait enterrée là, la tranquillité d'esprit serait complète, le tour serait accompli. Jusque-là, malgré sa réussite, malgré sa richesse, malgré les largesses qu'elle semait, elle n'avait vraiment pas trompé le monde. Commençant à le tromper au cours de sa vie, elle le tromperait pour l'éternité après sa mort. Ce serait le bouquet de roses qu'elle jetterait au monde...

Finalement Kazu sépara ses mains jointes. Elle jeta les yeux sur le côté de la pierre tombale. Elle demanda à Noguchi de lui expliquer la plus récente inscription :

— Noguchi Sada ko. Décédée en août 1946.
— Mais, c'était ma première femme. Tu dois avoir entendu son nom, dit Noguchi, le visage grave.

Il trouvait peu naturel que Kazu posât cette question. Pourtant elle fit une autre remarque qui ne l'était pas davantage.

— En effet, votre femme aussi a été enterrée ici. Je l'avais oublié.

La voix de Kazu sonnait clair ; c'était la voix élevée, énergique, qu'elle prenait pour donner des ordres aux servantes de l'Ermitage. On ne pouvait y déceler aucune trace de jalousie. Malgré lui Noguchi sourit amèrement.

— Somme toute, pour qui es-tu venue faire ce pèlerinage ? Tous ceux-là étaient des inconnus pour toi.

— Mais ce sont vos ancêtres ! répondit Kazu sans voiler son sourire.

En revenant du cimetière tous deux s'arrêtèrent pour faire des emplettes. Toute la journée Kazu, l'air heureux, ne cessa de montrer sa joie ce qui parut étrange à Noguchi.

A partir de ce jour, Kazu fut prise d'un sentiment profondément apathique de paix qui lui fit peu à peu négliger ses affaires à l'Ermitage. L'été était la morte-saison. Kazu sentit soudain qu'elle vieillissait.

Le ménage partait souvent en voyage pour fuir la chaleur. Quel que fût l'endroit où ils allaient Kazu exagérait ses émotions. Cette exagération ne servait qu'à l'isoler davantage. On peut se demander si elle ne commettait pas une erreur en maintenant une telle agitation dans la vie tranquille qu'aimait Noguchi.

Kazu avait réussi à ne faire porter à Noguchi que des chemises fraîchement blanchies mais il s'était opposé à l'idée de se faire faire de nouveaux costumes européens. S'il s'était habillé de vêtements neufs tout d'un coup, après s'être marié, les gens qui connaissaient la modicité de ses revenus l'auraient montré par-derrière en riant. Kazu ne pouvait comprendre pourquoi il aurait été mal de sa part de faire faire un costume européen à son mari avec ses propres revenus. Noguchi était fréquemment obligé de lui donner des conseils à ce sujet.

— Tu t'imagines que tu rends les gens heureux en leur donnant de l'argent. C'est une grande erreur. Pourquoi ne comprends-tu pas que plus ton pourboire est gros, quand il s'agit d'un service insignifiant, plus celui qui le reçoit doute de ta sincérité ? La nature de mon travail est telle que je dois vivre simplement si je veux que les gens me fassent confiance. Abandonne ces habitudes de nouvelle riche.

Kazu respectait le caractère de son mari mais elle ne comprenait pas en quoi sa politique différait de celle des politiciens qu'elle avait vus et entendus à l'Ermitage. Les aperçus qu'elle avait recueillis au contact des clients de l'Ermitage qui appartenaient au parti conservateur lui avaient inculqué une belle conception de la politique. Celle-ci consistait à partir sous le prétexte de se rendre à la toilette, et puis à disparaître, à se rapprocher autour du même feu pour conspirer, à montrer un visage souriant alors qu'on est en colère, à feindre une violente indignation alors qu'on n'éprouve pas le moindre courroux, à passer de longs moments en silence en débarrassant ses manches de leurs poussières... en un mot à se comporter comme une geisha. La forte odeur de secret qui s'attache à la politique ressemble à celle des affaires d'amour. En effet, la politique et les affaires d'amour ne diffèrent pas plus que deux gouttes d'eau. Toutefois la politique qui occupait Noguchi manquait par trop de romantisme.

Bien qu'elle négligeât les affaires de l'Ermitage, Kazu n'avait pas une nature à s'enfermer dans sa maison, à préparer les repas de son mari en attendant tranquillement son retour. Elle ne savait souvent que faire. Elle constata que les clients qui avaient des attaches avec le parti conservateur désertaient peu à peu. Un jour, l'un d'eux lui dit en face :

— Je souhaiterais que vous persuadiez votre mari de quitter rapidement le parti réformateur et de se joindre au parti conservateur. Nous serions heureux du retour d'un de nos anciens grands hommes d'Etat et il nous serait plus aisé de venir dans ce restaurant. Ne croyez-vous pas, si vous étiez d'accord, que vous pourriez agir sur votre mari dans ce sens ?

C'était là une manière plutôt méprisable de s'exprimer à l'égard de Noguchi. Kazu écoutait muette et se mordait les lèvres. Si un ancien ministre était traité comme un patron de restaurant, c'était sa faute. Kazu réfléchit et se dit qu'en lavant l'injure faite à Noguchi, elle laverait en même temps l'humiliation qu'elle avait subie. Elle se tourna vers le client distingué :

— Je n'ai pas envie d'en entendre davantage. Veuillez ne pas revenir ici.

Kazu n'avait jamais fait l'expérience d'insuccès plus ou moins importants dans sa profession qui fussent dus à l'amour ou à l'orgueil. Chaque jour son orgueil reçut de nouvelles blessures. Kazu pensa que ce n'était pas seulement parce que son amour-propre était devenu plus sensible, mais que, uni à celui de Noguchi, il l'était deux fois plus.

Un soir de la fin de l'automne, alors que Kazu passait comme d'habitude le week-end chez Noguchi, elle bondit vers la fenêtre et appela Noguchi.

— Oh! Oh! Une grue qui passe!

Noguchi ne fit pas attention à ses paroles, mais Kazu se montra tellement excitée qu'il finit par se lever de mauvaise grâce et qu'il regarda par la fenêtre.

Il ne vit rien.

— C'est stupide! Les grues ne volent pas au milieu de Tôkyô.

— Vous le dites, mais c'était bien une grue avec sa couronne rouge. Elle a eu l'air de descendre sur le toit de la maison voisine mais elle s'est envolée par là...

— Tu as perdu la tête!

Là-dessus, ils s'engagèrent dans une discussion mélancolique. Kazu avait perdu l'occasion d'admettre qu'elle avait plaisanté et raconté une blague. En tout cela, Kazu aussi était fautive. Elle avait commis l'erreur de jouer un jeu d'enfant avec un sérieux excessif et une passion désespérée. Elle constatait maintenant la nature fâcheuse de son caractère, elle ne pouvait vivre sans apporter de passion à ce qu'elle faisait. Toutes les modifications qu'elle tentait d'introduire dans leur vie étaient repoussées par son mari.

Noguchi menait obstinément sa vie à sa manière accoutumée. Malgré tout, Kazu continuait d'aimer son mari. Il arrivait à Noguchi de se montrer, certains samedis soirs, extraordinairement loquace et, bien que sa conversation ne fût jamais plus badine que d'ordinaire, il lui parlait de romans étrangers ou il l'instruisait sur le socialisme.

10

Des visiteurs importants.

Ainsi que nous l'avons fait voir, il était clair que Noguchi pensait avoir trouvé dans le mariage sa dernière demeure et que, de son côté, Kazu pensait y avoir découvert sa propre tombe. Mais l'on ne vit pas dans une tombe.

Chaque jour de la semaine qu'elle passait à l'Ermitage, le fidèle étudiant-domestique tenait Kazu au courant des détails de la vie de Noguchi. Elle était, chaque fois, étonnée de l'absence totale d'incidents dans cette vie. En dépit des années, Noguchi se consacrait entièrement à l'étude.

— Hier, de trois heures de l'après-midi jusqu'au coucher, il a passé tout son temps dans son cabinet de travail où il a même dîné.

— En étudiant de cette manière, il se rendra sûrement malade faute d'exercice. Samedi prochain, je lui parlerai sérieusement à ce sujet.

Kazu avait de fortes préventions à l'égard de la vie intellectuelle. Cette dernière signifiait pour elle une indolence dangereuse dans laquelle les hommes capables étaient enclins à tomber. Elle se réjouissait cependant à la pensée que tout en disant au domestique qu'elle « parlerait sérieusement à son mari », Noguchi n'était pas homme à écouter conseil.

A cette époque, un petit incident se produisit à l'Ermitage. La soirée précédente il y avait eu un beau clair de lune, pourtant un voleur qui s'était caché dans l'ombre des arbres du parc paraissait avoir attendu que tout le monde fût endormi. Les parages des grands arbres à glu étaient une place favorable pour s'y dissimuler. Il devait avoir attendu que les dîners dans les divers salons battent leur plein et que l'entrée reste sans surveillance; il avait probablement patienté des heures. Il s'était abstenu de fumer de peur d'être trahi par la fumée, mais ensuite elle découvrit deux ou trois boules de chewing-gum mastiqué. Elle en déduisit que le voleur était encore jeune.

Au début, il avait essayé d'entrer dans la chambre de Kazu mais après avoir poussé la fenêtre d'une dizaine de centimètres, il avait renoncé à son projet sans troubler le sommeil de la propriétaire. Quoiqu'il y eût un coffre dans le placard, il avait pensé que cette chambre étroite, de six nattes, qui était pleine quand les matelas y étaient étalés, ne pouvait être celle de la maîtresse de maison. Le voleur se glissa ensuite dans la chambre à coucher des cinq servantes mais comme il mit le pied sur un corps mou, de grands cris s'élevèrent brusquement et il prit la fuite sans rien dérober.

L'arrivée de la police fut l'occasion d'un tel remue-ménage que Kazu ne put dormir un seul instant ensuite. Ce n'est que le lendemain matin au cours de sa promenade habituelle qu'elle découvrit au pied d'un arbre à glu que perçaient les rayons du soleil les morceaux de chewing-gum qui brillaient comme des dents blanches.

Kazu n'arrivait pas à comprendre pourquoi le voleur avait renoncé à entrer dans sa chambre après avoir essayé ; elle trouvait cela bizarre. « Et dire que pendant ce temps je dormais et que je me doutais de rien ! » Réfléchissant ensuite à cette situation, elle fut rassurée, puis effrayée et en même temps un peu mécontente. Quand elle sentit le vent frais d'automne entrer par les échancrures de son kimono et pénétrer jusqu'à sa poitrine, un soupçon sans fondement l'effleura : le voleur n'avait-il pas touché son corps pendant qu'elle dormait, et cela ne lui avait-il pas fait changer ses projets ? Non, cela ne devait pas être possible. Elle se trouvait dans l'obscurité ; la fenêtre n'avait été ouverte que de quelques centimètres ; il ne pouvait pas s'être avancé suffisamment pour examiner son corps.

Cependant, en faisant sa promenade solitaire dans le vent matinal d'automne, Kazu sentait l'inquiétude de voir son corps décliner. En été elle était très sensible à la chaleur et elle avait l'habitude d'exposer non seulement sa poitrine mais ses cuisses au souffle du ventilateur, même devant les servantes ou ses intimes, elle l'osait parce qu'elle était assurée de la beauté de son corps. Des doutes l'assaillirent : comment serait-elle l'été prochain ? Il lui sembla que depuis qu'elle était mariée son corps était devenu flasque.

C'est à ce moment de ses rêveries que son regard tomba par hasard sur deux ou trois objets tombés auprès d'un arbre et qui ressemblaient à des dents humaines. Ce ne pouvait être ni des clients de l'Ermitage ni des employés qui étaient venus mâcher du chewing-gum à cet endroit. Les enfants du voisinage n'entraient pas dans le parc.

Cela vient du voleur, pensa immédiatement Kazu. La saleté de ces débris la frappa beaucoup moins que les heures que le voleur caché avait dû passer là dans la solitude. Elle ressentit même une certaine pitié à l'égard de cette solitude. Elle croyait voir les deux rangées de jeunes dents robustes, solides et mécontentes qui avaient mâché le chewing-gum. Il l'avait mâché pour tuer le temps, il l'avait mâché en rageant contre cette stupide société de caoutchouc qui le repoussait ; il avait remâché le mécontentement qui l'assaillait. Sous l'arbre à glu qui laissait filtrer des rayons de lune !

Ces rêveries débridées amenèrent Kazu à considérer le voleur, qui s'était enfui sans rien voler, comme un ami gentil qu'elle ne connaissait pas. A ce jeune homme qui s'était caché du clair de lune, des ailes avaient commencé à pousser, bien qu'il dût être horriblement sale.

« Pourquoi ne m'a-t-il pas éveillée ? S'il était dans le besoin, je lui aurais donné tout l'argent qu'il aurait voulu. Il n'avait qu'un mot à dire ! »

Kazu avait la même impression que si le jeune voleur avait fait partie de ses amis les plus intimes. Pour Mme Noguchi Yûken cette compassion avait quelque chose de frais et de pur.

Kazu allait appeler le jardinier mais elle s'en abstint. Elle se décida à ne parler à personne des morceaux de chewing-gum qui pourraient être des pièces à conviction. Elle gratta la mousse au pied de l'arbre et les enfouit soigneusement avec ses doigts.

Elle attendit l'heure où Noguchi devait normalement se lever pour lui raconter l'incident tranquillement au téléphone. Elle lui dit ceci :

— Les agents ont été polis, courtois. Si cela s'était passé auparavant, ils n'auraient pas eu cette attitude dans une affaire de vol dans un restaurant. Ils ont été ainsi à cause de vous.

En toute franchise, plus que l'impression que ressentait réellement Kazu, ceci représentait plutôt celle qu'elle eût désiré avoir. Il était difficile de savoir si la police avait montré plus de considération parce que Kazu était la propriétaire d'un restaurant patronné par le parti conservateur ou parce qu'elle était la femme d'un conseiller du parti réformateur.

Le ton de Noguchi quand il apprit l'incident resta extrêmement froid et indifférent. C'était celui d'un ambassadeur qu'un jeune secrétaire informe d'un accident d'auto.

— C'est parce que tu ne t'es pas assurée que les portes étaient bien fermées ! furent ses premières paroles.

Kazu s'était attendue à le voir se réjouir de la savoir saine et sauve; elle fut déçue. Noguchi paraissait considérer de telles histoires de vol comme des affaires privées n'intéressant que la maison.

De la part de Noguchi, cette attitude était équitable, impartiale, mais pour Kazu elle était singulièrement froide et provoqua chez elle deux réactions. La première : elle avait dirigé ce restaurant pendant de longues années sans être secondée; veiller elle-même à la fermeture des portes eût été mesquin et son orgueil aurait souffert. La seconde : elle craignait que Noguchi n'eût froidement deviné l'extraordinaire excitation sentimentale qu'elle éprouvait depuis la nuit précédente. Toutefois Kazu attribua très vite son irritation au téléphone. Tout en se montrant aimable quand on était en tête à tête avec lui, Noguchi prenait au téléphone un ton spécial d'homme qui traite une affaire dans son bureau.

— Cela ne va pas quand un mari et une femme ne peuvent se parler qu'au téléphone... Mais c'est moi qui l'ai voulu dès le début.

Kazu laissa passer les reproches de Noguchi sans y attacher d'autre importance. Elle regarda ses ongles. A la base de ses ongles roses en bonne santé se dessinaient nettement de petites lunules blanches mais elle remarqua sur son index et son médius des stries transversales. « C'est un signe que j'ai trop de kimonos. » Elle réfléchit soudain à l'inutilité d'avoir accumulé tant de kimonos, découragée à la pensée que son corps allait rapidement perdre de sa fraîcheur.

L'écouteur toujours à l'oreille, Kazu promena ses regards. Le soleil pénétrait dans les autres pièces dont les cloisons coulissantes étaient ouvertes et dont les servantes faisaient le ménage avec diligence. Les bordures des nattes neuves brillaient aux rayons du soleil. Un torchon à épousseter fila au travers des ouvertures de la balustrade de bois clair. Dans les salons comme dans les couloirs le soleil soulignait les mouvements souples des jeunes servantes dont les dos se levaient et se baissaient sans cesse.

— Est-ce que tu m'écoutes? demanda Noguchi dans le téléphone d'une voix perçante.

— Oui.

— J'ai une affaire qui m'arrive. Je viens d'être prévenu par téléphone que deux personnages importants viendraient ce soir. Veux-tu venir les recevoir?

— Est-ce qu'ils viendraient ici?

— Non, à la maison. Prépare un dîner et reviens ici pour les recevoir.

— Mais...

Kazu commençait à expliquer qu'elle attendait des clients importants ce soir et qu'elle ne pouvait quitter le restaurant.

— Si je te dis de venir, c'est qu'il faut venir.

— Qui sont ces personnages importants?

— Je ne peux pas te le dire maintenant.

Kazu fut exaspérée par une telle réserve.

— Vous ne pouvez pas dire à votre femme le nom de vos hôtes? Alors, cela va bien.

La réplique de Noguchi fut glaciale.

— Alors, c'est entendu. Tu viendras à la maison à cinq heures avec le repas. Je n'accepte pas d'excuse.

Et il coupa.

Kazu était si irritée qu'elle s'enferma quelques instants dans sa petite chambre. Puis il lui vint à l'esprit que c'était la première fois que Noguchi enfreignait la convention suivant laquelle elle n'allait chez lui qu'en fin de semaine. C'était sûrement en raison de l'importance de ses hôtes.

Kazu allongea le bras vers la fenêtre où la police avait recherché des empreintes digitales la nuit dernière et elle l'ouvrit de quelques centimètres. Dehors, sous la fenêtre, les petits chrysanthèmes jaunes avaient été piétinés. Par le voleur? Par la police? On ne pouvait savoir. Certaines de ces fleurs, non souillées, avaient imprimé leur forme dans le sol mou, y dessinant comme des blasons. Çà et là le jaune d'un pétale se redressait au-dessus du sol.

Prise d'une invincible somnolence, Kazu s'étendit sur les nattes sous la fenêtre. Elle tourna ses regards où se mêlaient l'irritation et le sommeil vers le ciel aperçu par l'entrebâillement de la fenêtre. Le ciel matinal brillait au loin, clair et pur. Il prenait dans ses yeux embués l'aspect d'une moire. « Je n'ai pas besoin d'un seul autre kimono, ce que je désire maintenant est bien différent », pensa-t-elle. Et elle s'endormit sur ces pensées.

Vers le soir Kazu retourna tout de même à « leur maison ». Elle donna la consigne de dire aux clients attendus qu'elle était retournée chez elle parce qu'elle avait été prise de fièvre. Elle fit emporter par les servantes qui l'accompagnaient des montagnes de boîtes de laque empilées contenant des victuailles prélevées sur le menu du jour.

Le menu comprenait pour commencer des arches rouges, un potage aux fruits de ginko, des racines de lis bouillies, des bouquets de langoustines noués par des fils d'or, puis venaient du gâteau de riz pilé qui était grillé et servi dans du miso blanc, une soupe décorée avec des fleurs de na, des filets de goujon crus, des rougets, des marrons, du gingembre et une foule d'autres choses; patates d'eau, chrysanthèmes de printemps, etc.

Lorsque Kazu arriva elle trouva, à sa grande surprise, que Noguchi était de bonne humeur; il lui donna des détails dont il n'avait pas voulu parler au téléphone. Les hôtes attendus étaient le secrétaire général du parti réformateur et le chef du bureau. L'objet de leur visite était, autant qu'il pouvait en juger, une proposition qu'il ne voulait pas accepter; en compensation il leur offrait un dîner pour s'excuser. C'était la seule raison qui l'avait empêché de téléphoner des détails à l'Ermitage. Par là Kazu comprit la noblesse subtile de sa position politique.

Les invités arrivèrent chez Noguchi à la tombée de la nuit. Les visages de Kimura, le secrétaire général, et de Kurozawa, le chef du bureau, étaient bien connus du public par leurs caricatures; de plus, Kazu les avait rencontrés lors de son mariage. Kimura ressemblait à un doux pasteur, Kurozawa à un mineur.

Kazu, habituée aux manières des politiciens du parti conservateur, ne put s'empêcher de trouver drôle de voir que les politiciens du parti réformateur, eux aussi, échangeaient en se rencontrant les mêmes salutations et observaient la même étiquette en entrant dans une maison. Elle pensa qu'il y avait quelque chose de faux dans ces manières, qu'elles n'avaient d'autre but que de jeter de la poudre aux yeux. En particulier, Kazu était surprise de l'attitude souriante, calme, de Kimura. Son apparence, sa manière de parler faisaient penser à un vieil arbre tranquille, laissant tomber une feuille ou deux à la lumière du soleil chaque fois que la brise agitait ses branches tombantes.

Les deux invités faisaient preuve à l'égard de Noguchi de la déférence due à un vétéran. Kimura refusa d'abord obstinément de s'asseoir à la place d'honneur et ne céda qu'à des prières instantes.

Kazu eut l'impression que les trois hommes, Noguchi compris, souffraient en commun de ce manque de moelleux qu'entraîne la longue privation d'une véritable puissance, analogue à celui que donne l'éloignement prolongé d'un contact féminin. Salutations polies, sourires aimables avaient une teinte d'ascétisme; les manières de vieux professeur de Kimura, la simplicité affectée de Kurozawa révélaient leur origine dans une vie pleine de restrictions.

Kimura loua courtoisement le repas, ce que Kazu jugea vulgaire. Noguchi réagit nerveusement à son habitude, son visage montrant franchement son embarras de voir louer une cuisine qui n'était pas faite des mains de sa femme. Quant à Kurozawa, il dévorait sans dire un mot.

— Je n'ai aucun pouvoir. Vous vous faites des illusions en croyant que je suis un candidat puissant. Je suis un homme oublié.

L'ivresse de Noguchi, s'accentuant avec les coupes de saké qu'il buvait, se révélait par la répétition de ces propos dédaigneux. Kimura et Kurozawa exprimaient ensemble, comme des machines, leurs sentiments désolés.

Kazu servait le saké, ainsi que Noguchi le lui avait demandé. En entendant Noguchi répéter ses excuses toutes les cinq minutes, Kazu finit par se demander si elles n'étaient pas faites pour elle. Elle fut frappée de sa propre stupidité. Depuis le premier jour de leur rencontre Kazu aurait dû remarquer sa timidité vieux jeu, obstinée. Pour lui il n'y avait probablement pas de différence dans le fait de montrer des ambitions politiques à sa femme en présence d'autres hommes et celui de manifester un désir sexuel.

Kazu quitta rapidement la pièce sans se faire remarquer. Elle retourna dans sa chambre, appela une servante, lui donna des ordres. Quand celle-ci fut partie, Kazu qui n'avait plus rien à faire se mit à ranger des choses. Elle gardait dans un tiroir de sa chambre les objets de parure appartenant à Noguchi, par exemple de vieux boutons de manchettes de fabrication étrangère et autres babioles contenues dans trois petites boîtes.

Pour tuer le temps, Kazu étala sur sa petite table les boutons de manchettes. Une paire était en or, portant les armoiries de la maison royale d'un petit pays; dans une autre étaient serties des pierres précieuses; d'autres, en or, étaient probablement le cadeau d'une famille princière du Japon et portaient le chrysanthème; il y en avait encore qui représentaient le dieu Civa gravé dans l'ivoire... Tout cela venait probablement de cadeaux mais constituait une collection curieuse.

C'était comme une collection de coquillages ramassés sur des plages diverses en été. Les poignets de Noguchi, qui devaient en être ornés, étaient maintenant flétris et marbrés de taches tandis que des coquillages réfléchiraient toujours l'éclat des couchers de soleil de jadis. Kazu leur donnait des chiquenaudes du bout des doigts et écoutait le bruit sec et froid qu'ils faisaient quand ils se heurtaient; elle pensa qu'elle pourrait s'en servir comme de pièces de jeux d'échecs. Elle choisit pour rois ceux qui portaient la licorne, emblème des souverains d'un petit pays; les reines seraient les boutons au chrysanthème. Elle se dit que ce choix était inexcusable car le rang de roi revenait de toute manière au chrysanthème. « Il acceptera », pensa Kazu guidée par son intuition politique. Elle se sentit envahie par une excitation joyeuse. L'épaisse muraille intellectuelle qui la séparait de Noguchi s'écroulerait bientôt; de même le jour allait venir qui montrerait que leurs vies n'étaient pas encore proches de leur fin.

« Il acceptera sûrement ! » se dit-elle, tout de suite convaincue.

De l'autre côté du couloir elle entendit le rire inaccoutumé de Noguchi se mêler aux rires des invités. Elle fit glisser les portes coulissantes de sa chambre et regarda de leur côté. Dans le couloir où tombait la lumière du salon, arrivaient des rires assez mornes qui ressemblaient à des quintes de toux.

Une heure plus tard, les invités s'en allèrent. Kazu eut l'amabilité de faire venir une auto de remise pour les reconduire. Noguchi les accompagna jusqu'à l'entrée, Kazu jusqu'au portail. Depuis la tombée de la nuit un vent frais s'était élevé. Derrière les nuages qui allaient et venaient rapidement dans le ciel, la lune avait l'air d'une punaise à dessin piquée dans un mur.

A la faible lumière de la lampe du portail, le visage de Kimura paraissait petit, comme une tête de rat. Tandis que l'ensemble de ses traits se tenait à peu près immobile, les muscles du tour de sa bouche restaient souples, élastiques, même quand il parlait à voix basse ils se mouvaient sans nécessité avec la moustache autour des mots.

Kazu le saisit par la manche de son veston et le poussa brusquement contre le mur en murmurant :

— Vous avez confiance en moi, bien que je dirige un restaurant orienté comme il est.

— Certainement, Madame.

— Mon mari a-t-il consenti à se porter candidat aux élections de la préfecture de la capitale ?

— Vous le savez bien ! Je suis étonné... quoiqu'il ne nous ait pas donné de réponse immédiate, il a promis de nous la donner d'ici un jour ou deux.

D'un geste de petite fille, Kazu porta ses deux mains jointes à sa poitrine. Ce geste signifiait qu'elle réunissait maintenant en un plan définitif les projets qui flottaient dans son esprit, comme si elle avait resserré à fond le nœud lâche d'un furoshiki[1].

— Je vous en prie, convainquez mon mari. En ce qui concerne la question d'argent, excusez-moi : laissez-moi faire. Je ne causerai jamais d'ennuis au parti réformateur.

Kimura allait dire quelque chose, mais Kazu avait un don pour couper efficacement la parole en pareil cas.

— Quoi qu'il en soit, tenez cela pour confidentiel vis-à-vis de mon mari. C'est un secret absolu. J'accepte à cette seule condition.

Ayant débité ces paroles à toute vitesse, Kazu éleva la voix suffisamment pour être entendue de l'entrée et prononça les mots d'adieu habituels d'un ton clair, puis elle mit les invités en voiture.

— Oh ! Le parti réformateur ne vous donne-t-il personne pour porter votre serviette ? Porter vous-même sur vos genoux une serviette aussi lourde ! C'est incroyable !

---

1. *Furoshiki* : le carré d'étoffe, indispensable à tout Japonais pour envelopper ce qu'il porte.

Noguchi, demeuré à l'entrée, ne perçut que ces dernières paroles et Kazu fut ensuite grondée pour ces commentaires superflus.

11

La question principale dans la vie nouvelle.

Une habitude nouvelle s'établit dans la maison de Noguchi. Chaque lundi un certain Yamazaki Soichi vint faire une conférence d'environ deux heures, portant principalement sur l'administration de la ville de Tôkyô. Noguchi prenait des notes sur un cahier comme un collégien avec un stylo Montblanc acheté vingt ans auparavant. Toute la semaine il étudiait assidûment, repassait ses leçons et ne faisait absolument rien d'autre.

Yamazaki Soichi était le protégé du président du comité, Kusakari, à la demande de qui il avait été envoyé chez Noguchi. Expert en matière de campagne électorale, il n'avait aucune envie d'occuper une situation qui l'eût mis en lumière; c'était un ancien communiste qui avait perdu ses illusions. Actuellement il tournait le dos à toutes les théories et il était devenu un politicien pratique, à la figure rougeaude, plein de hardiesse et de sagacité.

Depuis qu'il avait commencé ses visites, Kazu n'allait plus jamais au restaurant le lundi, autrement dit elle prolongeait d'un jour son week-end. Dès qu'elle avait aperçu le visage de Yamazaki elle avait pensé que c'était là le type d'homme avec qui elle pouvait se lier d'une longue amitié sans risque de complication amoureuse. Il lui rappelait Nagayama Genki, un type d'homme énergique qui avait un certain charme. C'était le premier de ce genre qu'elle rencontrait dans le parti réformateur.

Le soupçon de charme que montrait Yamazaki lui venait d'une désespérance politique, il ressemblait étrangement au charme de certains politiciens conservateurs, né d'un optimisme incurable. Kazu reconnut d'instinct cette indispensable caractéristique du politicien pratique. Elle se prit tout de suite d'amitié pour Yamazaki.

C'est un coup de téléphone de Nagayama Genki à l'Ermitage qui apprit à Kazu que son mari avait décidé de poser sa candidature. En riant dans le téléphone, Genki lui dit brusquement :

— Quelle décision stupide! Vraiment, est-ce que ton mari n'a pas fait une idiotie?

Kazu eut l'impression immédiate qu'il s'agissait de la candidature de son mari aux élections. Avant que Noguchi ne lui en soufflât mot elle apprenait la nouvelle par une de ses vieilles connaissances qui était pour Noguchi un ennemi politique audacieux; elle en fut blessée. Elle prétendit ne rien savoir mais, exprès, elle joua mal son rôle. Elle le joua en dissimulant sa joie et son orgueil sous le couvert d'une ignorance feinte. En même temps, elle rejeta adroitement et politiquement sur d'autres motifs le ressentiment qu'elle éprouvait à l'égard de son mari pour son indifférence.

— De quelle décision parlez-vous ? S'il s'agit de l'inconstance de mon mari, ne vous en préoccupez pas, parce que je suis résolue à toujours fermer les yeux là-dessus.

Genki n'accorda pas la moindre attention à ces paroles et se borna à parler de l'affaire. Son attitude ne ressemblait pas à celle du Genki qu'elle connaissait. Elle se révélait toute nouvelle.

— En tout cas, sa décision est stupide. Elle causera la ruine de sa vie politique. Qu'est-ce que tu vas faire ? Puisque tu es sa femme, à tout prix supplie-le de changer d'avis. Tu es d'accord ? Je te parle en vieil ami.

Et il raccrocha.

Ces jours-là, Kusakari, le président du comité, ainsi que le secrétaire général vinrent voir Noguchi deux ou trois fois. Par le domestique fidèle, Kazu à l'Ermitage était informée des visites quotidiennes reçues par Noguchi, de leur durée, de l'heure à laquelle les visiteurs étaient partis, du ton de leurs conversations, de l'humeur qu'avait montrée Noguchi...

Trois jours après que Genki eut téléphoné, la nouvelle de la candidature de Noguchi Yûken parut dans les journaux. Agissant nettement suivant son caractère, le soir du jour où la presse avait déjà annoncé la nouvelle il fit venir Kazu de l'Ermitage et quand ils furent tous les deux seuls dans la salle de séjour, il la mit au courant de sa décision comme s'il lui révélait un secret important. Pour lui, il allait de soi que sa femme ne lisait pas les journaux. Il s'était mis dans la tête, sans la moindre raison, par exemple, que Kazu n'aimait pas les chiens, alors qu'elle ne les détestait pas, ou qu'elle aimait les haricots fermentés alors qu'elle ne pouvait pas les souffrir. Noguchi, victime d'illusions qu'il s'était forgées à certains moments, s'était sans doute persuadé que sa femme n'attachait aucun intérêt à la politique.

Kazu prenant la même attitude que si elle apprenait la nouvelle écouta la déclaration faite sur un ton de samuraï et fit, contrairement à la recommandation de Genki, cette réponse admirable :

— Maintenant que vous avez accepté, je souhaite que vous vous lanciez de tout cœur dans la lutte.

Cependant, depuis le matin où Genki avait téléphoné, Kazu était devenue prisonnière de ses rêves. En elle les flammes de sa vitalité s'étaient rallumées ; les tracas d'une vie qu'elle croyait moribonde avaient disparu ; elle se dit que des jours de lutte allaient commencer avec ses propres élans déchaînés.

Cette journée d'hiver avait été très tiède. Kazu était allée au récital de piano donné à la Salle de Ginza par la fille d'un industriel qui était un client de marque de l'Ermitage. De la fenêtre du cinquième étage, elle regarda Ginza au crépuscule. Elle contempla avec une affection jamais ressentie encore la succession inégale des toits qui s'offraient à ses yeux par l'arrière et par le côté.

Ici et là des lampes au néon commençaient à briller ; sur le lointain chantier de construction d'un grand immeuble les charpentes de fer et les grues dressaient leurs lignes obliques sur un ciel vert pâle ; d'innombrables petites lumières clignotaient faisant penser à un port étrange flottant sur la terre. Un ballon rouge et blanc de publicité qui était au repos sur un toit voisin après ses opérations de la journée s'éleva de nouveau dans le ciel du soir avec des balancements, traînant une banderole éclairée au néon.

Kazu observa les nombreuses silhouettes qui se déplaçaient dans le soir tombant. Deux femmes vêtues pareillement d'un manteau rouge montaient par l'escalier de secours à l'arrière d'un immeuble. Une femme portant un enfant attaché sur son dos vint enlever des chemises laissées sur un séchoir derrière l'enseigne d'un magasin. Trois hommes en toques blanches de cuisiniers apparurent sur le toit sale d'une maison et s'allumèrent mutuellement leurs cigarettes. Au quatrième étage d'un nouvel immeuble en face, personne n'était assis sur les chaises proches des fenêtres et Kazu n'aperçut que les chaussettes rouges d'une jeune fille qui passait sur un tapis vert au fond d'un bureau. Tous ces personnages se mouvaient dans un calme étrange. Les nombreuses cheminées, hautes et basses, qui sortaient des toits, lançaient tout droit leurs fumées dans un ciel sans vent.

« Si je pouvais m'introduire dans le cœur de chacune de ces personnes ! pensait Kazu perdue dans l'ivresse de ses rêves. Ce serait splendide de pouvoir les faire voter pour Noguchi Yûken. Je voudrais les agripper tous ensemble d'ici comme avec une serre ! Je sais bien que chacun d'eux a dans l'esprit une affaire d'amour, ou un souci d'argent, ou le désir de manger telle chose ce soir, ou un rendez-vous au cinéma mais je voudrais graver le nom de Noguchi Yûken dans une case de leur cerveau ! Je ferais n'importe quoi dans ce but. Je ne me soucie pas des jugements du monde, des lois. Les clients notables de l'Ermitage ne s'en sont pas souciés pour réussir. »

Sa poitrine s'enflait sous sa ceinture en soie de Nagoya. Ses rêves gonflaient ses paupières comme si elle avait été ivre. Elle avait l'impression que son corps enfiévré se dilatait comme pour embrasser la ville entière.

La chambre à coucher de Noguchi, une vieille pièce de dix nattes, avait été pourvue depuis leur mariage de deux lits jumeaux qu'on avait posés sur un vieux tapis persan. Lorsque Kazu, habituée à dormir sur le sol, s'allongeait sur le dos, le plafond lui paraissait étrangement bas, les murs et les portes coulissantes avaient l'air tout proches, à donner l'impression d'étouffer.

D'une manière générale, Noguchi s'endormait le premier. Kazu allumait alors sa lampe de chevet, non pour lire un journal ou une revue mais pour concentrer ses regards sur quelque chose de manière à faire venir le sommeil. Par exemple, elle regardait fixement les poignées de portes en forme de demi-lunes, ciselées comme des gardes de sabre. Ces poignées avaient pour motifs les quatre fleurs de l'homme vertueux : l'orchidée était la première qui se présentait à ses yeux dans la pénombre où elle la fixait pour faire venir le sommeil.

Elle avait éteint avant de se coucher le poêle à gaz dont la chaleur disparaissait maintenant comme le flot qui se retire. C'était au cours d'une nuit semblable, tranquille comme toutes les fins de semaine, que Noguchi avait pris la décision de se porter candidat, mais à la suite de quels raisonnements ? Sa femme n'en avait pas la moindre idée. Que ce fût avant d'accepter la candidature, que ce fût au cours de ses réflexions ou que ce fût après son acceptation, Noguchi avait été superbement le même. Avait-il éprouvé des déchirements intérieurs ? Avait-il souffert ? Avait-il modifié sa pensée pour revenir ensuite à son idée première ? Elle ne s'était aperçue de rien. Il ne lui en avait pas soufflé le moindre mot. Comme d'habitude il eut sa quinte de toux avant de se coucher ; ses caresses restaient à mi-chemin, ses approches étaient opaques, il faisait preuve de la même résignation, il dormait dans la même posture, recroquevillé comme une chrysalide. Le lit de Noguchi faisait penser à un quai de gare balayé par le vent mais il s'endormait cependant plus aisément que Kazu.

Le lit jumeau de Kazu, en comparaison, suggérait plutôt un brasier ardent. Son corps brûlait de fièvre, non par désir amoureux, mais par suite de ses rêveries échevelées. Il lui semblait agréable d'étendre le bras pour toucher le métal sombre de l'orchidée. Les petites dénivellations du métal ciselé que touchait le bout de ses doigts lui donnaient l'impression de caresser un petit visage dur, sans expression, difficile à satisfaire.

« Bon..., pensait Kazu. C'est demain lundi. Demain je m'emparerai de Yamazaki et commencerai mes opérations. »

Le mardi à quinze heures, Kazu rencontrait secrètement Yamazaki à l'entresol du Shiseidô, un salon de thé de Ginza.

Le récit de cette rencontre est donné comme suit dans l'ouvrage publié ensuite par Yamazaki : *Souvenirs d'une élection.*

« J'avais fait auparavant nombre de visites chez Noguchi et j'avais été favorablement impressionné par la nature franche et pleine de vitalité de Mme Noguchi. Cependant, la première fois que je la vis seule, en dehors de chez elle, je remarquai en montant l'escalier qui conduisait à l'entresol du Shiseidô, que cette femme toujours si énergique et vivante paraissait terriblement seule. Il était surprenant qu'à ce moment, où sa tête devait être pleine de projets pour l'élection de son mari, elle donnât l'impression de se trouver dans la solitude. Lorsque la conversation s'engagea (nous n'avons pas dit un seul mot qui ne fût relatif aux élections) elle parla avec sa passion coutumière et me domina immédiatement. »

Elle avait dressé une liste de questions à poser à Yamazaki. Les demandes pleuvaient comme des flèches. On devait avoir six à dix mois devant soi jusqu'à l'élection, mais tout dépendait de la convenance du préfet actuellement en fonctions qui pouvait s'en aller à tout moment. Quoique ce fût interdit par la loi, Kazu toute seule, à l'insu de Noguchi, voulait entamer une campagne préalable. Elle pouvait disposer de tant et de tant, mais si c'était insuffisant, elle était prête à hypothéquer l'Ermitage. Elle lui demanda comment on pouvait mener efficacement une campagne préalable en passant de manière certaine au travers des mailles de la loi.

Yamazaki lui répondit point par point.

— D'abord, faites imprimer des cartes de visite de grand format portant le nom de votre mari en caractères aussi gros que possible.

— Entendu. Ce sera fait. En partant, voulez-vous venir avec moi chez un fabricant de cartes? dit Kazu en toute hâte.

Yamazaki poursuivit :

— Avez-vous une idée de l'ampleur de l'élection du préfet de la capitale? Supposons que nous collions deux affiches sur chaque poteau télégraphique. Il doit y avoir cent cinquante ou cent soixante mille poteaux, ce qui fait trois cent mille affiches. A trois yen par affiche, cela fait neuf cent mille yen. Les colleurs recevant un yen par affiche nous arrivons à un total d'un million deux cent mille yen. C'est une somme suffisante pour une petite élection.

Yamazaki pouvait citer sur n'importe quel sujet des chiffres dont tout le monde reconnaissait l'exactitude. Sans se soucier des personnes assises à la table voisine, Kazu avait parlé à haute voix de la campagne préalable et des moyens d'échapper aux lois, ce qui avait fait trembler Yamazaki qui jetait des coups d'œil autour d'eux. Conscient du danger, il proposa à Kazu les conditions suivantes d'un échange. D'abord il ne dirait rien à Noguchi de la question de son aide financière ni des agissements de Kazu, en revanche elle n'entreprendrait aucune chose, fût-ce la plus insignifiante, sans en avoir conféré avec Yamazaki. Kazu consentit.

— Après cette franche conversation avec vous, je me sens pleine d'entrain, dit Kazu joyeusement en tapant sur sa ceinture. On peut dire ce qu'on voudra mais mon mari ne comprend rien à l'âme des gens du peuple. Il lit les ouvrages en langues étrangères, il travaille dans son cabinet, il est un seigneur né mais il ne comprend rien aux sentiments de ses servantes. Est-ce que vous tous, vous comprenez autrement qu'avec vos cerveaux ? Moi je pénètre aisément dans le cœur des gens. Je saisis ce qui s'y passe. Dans les temps difficiles j'ai été vendeuse ambulante de fritures de poisson. Vous, monsieur Yamazaki, je ne crois pas que vous ayez été marchand ambulant de fritures de poisson ?

Yamazaki eut un sourire embarrassé.

— Les arguments logiques n'atteignent qu'une sphère restreinte. Pour nous emparer de cinq millions d'électeurs, il nous faut des armes d'ordre sentimental. Vous les avez, madame. Vous êtes un soutien pour nous tous.

— Vous n'avez pas besoin de me faire ces compliments inutiles, monsieur Yamazaki, lança Kazu de la voix d'une amoureuse en levant sa manche devant son visage. — Puis elle continua sur le ton qu'aurait permis une expérience qu'elle n'avait pas encore : — La politique et le reste, nous nous en occuperons en second lieu. Pour les élections ce qui importe d'abord c'est l'argent et le sentiment. Etant une femme sans instruction, c'est avec ces armes-là que je veux attaquer. J'ai assez de passion en moi pour en donner à cinq millions de personnes et j'en aurai encore de reste.

— J'ai bien compris. Marchez tête baissée dans ces dispositions-là.

Kazu était heureuse de découvrir chez Yamazaki la générosité d'un homme mûri un peu embarrasse vis-à-vis d'une femme.

— Veuillez disposer entièrement de moi. Je vaux la peine d'être utilisée, dit Kazu d'un ton qui mettait un terme à la discussion.

Yamazaki but son café et mangea jusqu'à la dernière miette une large part de tarte sablée. Kazu avait confiance en voyant cet homme à la cravate bien nouée, au visage rouge, manger une grosse part de gâteau.

Puis, Kazu proposa de lui raconter son histoire et pendant près d'une heure elle résuma les durs moments qu'elle avait vécus depuis qu'elle était née. Le résultat de cette franchise fut heureux car il conduisit plus tard Yamazaki à soutenir le parti de Kazu plus fidèlement encore.

Kazu étalait, surtout devant un homme pour qui elle ne ressentait aucun amour, son honnêteté et sa franchise avec une facilité qui allait jusqu'à une sorte de cynisme. Elle agissait ainsi dans le but de détruire les illusions que l'on pouvait se faire sur elle, mais jamais personne ne s'était fait d'illusions à son sujet. Il y avait dans sa beauté épanouie une chaleur roturière ; on n'y trouvait aucun défaut mais quels que fussent les bijoux et les vêtements qui la paraient, elle retenait un parfum de la terre noire du vieux pays natal. En fait, cette impression d'opulence physique aidait à supporter sa conversation et même s'harmonisait plutôt avec elle.

Yamazaki était un bon auditeur. Lorsque Kazu bavardait avec lui, elle avait l'impression que ses paroles ne passaient pas sur lui comme au travers des mailles d'un filet mais qu'elles pénétraient profondément dans son visage charnu qui ne quittait pas le sourire.

— Dites-moi avec franchise tout ce qu'il vous plaira, lui dit Kazu. Au cours de sa vie conjugale qui n'avait pas encore été longue, elle s'était déjà affamée de franchise.

Noguchi ne savait rien. Il en était ainsi parce qu'il ne désirait rien savoir de plus que ce qu'il voyait de ses yeux ou entendait de ses oreilles. Ces habitudes de grand seigneur, ou de haut fonctionnaire permettaient à Kazu de garder sans beaucoup de peine le secret sur ses opérations vis-à-vis de Noguchi. En outre, elle passait cinq jours de la semaine à l'Ermitage.

Cependant, pendant ces cinq jours, elle s'occupait de moins en moins des affaires de l'Ermitage. Elle ne

cessait de circuler en voiture, d'avoir des rendez-vous
avec Yamazaki. Il n'était pas rare que ce dernier fût
réveillé en pleine nuit par un coup de téléphone de
Kazu à qui il était venu une idée. Quant à Noguchi, il
continuait comme auparavant d'écouter les conféren-
ces de Yamazaki deux heures par semaine et ne faisait
rien d'autre. Il avait été décidé que les manœuvres
politiques, les fonds, le personnel des élections étaient
des questions qui passaient toutes par Yamazaki :
celui-ci était donc à même de lui donner tous conseils
nécessaires. Noguchi, imbu du respect des lois, avait
l'intention de n'entreprendre aucune campagne avant
la proclamation annonçant les élections. Les rencon-
tres clandestines de Kazu et de Yamazaki étaient bien
connues des hommes à la tête du parti réformateur. Ils
donnèrent à Yamazaki des instructions à l'effet de
permettre à Kazu de faire ce qui lui plairait à
condition de ne pas échapper à leur main. Le parti
réformateur n'avait jamais eu jusque-là un partisan
aussi puissant, riche, passionné et qui de plus était une
femme. Lorsque, de temps à autre, il arrivait aux
oreilles de Noguchi les rumeurs d'une campagne
préalable, il pensait que les opérations étaient finan-
cées par le parti réformateur. Ayant vécu la moitié de
son existence sur le budget de l'Etat, l'expression
« fonds publics » lui suggérait l'image du budget
d'Etat dont il avait usé sans jamais épuiser ce dont il
pouvait disposer.

Les cartes de visite furent prêtes immédiatement.
Kazu les distribuait chez les marchands de tabac,

parmi les serveuses de restaurants. Un jour où Yamazaki se trouvait avec elle en auto, Kazu fit arrêter la voiture devant une grande et ancienne boulangerie; elle entra pour acheter du pain et il la suivit. Elle acheta pour trois mille yen de petits pains fourrés de pâte de haricots sucrée. Kazu ne pouvait les emporter toute seule. Pendant que Yamazaki en prenait des sacs dans ses deux mains, il fut surpris de lui voir remettre une des grandes cartes de visite à la boulangère et de lui entendre dire : « C'est de mon mari. Je vous en prie, ne nous oubliez pas! »

Quand ils furent remontés en voiture, Yamazaki lui dit :

— Je suis étonné, madame, le patron de cette boulangerie est un conservateur, membre du conseil de préfecture...

— Ah! Vraiment? Je l'ignorais. Eh bien, cela aura au moins pour résultat de jeter la surprise dans les rangs ennemis.

— Que voulez-vous faire de tous ces pains fourrés?

— Je vais les porter à l'orphelinat du quartier de Kôtô.

— Les orphelins ne sont pas électeurs!

— Mais ils sont entourés d'une foule d'adultes qui sont des êtres sensibles.

En silence, Yamazaki dut assister à la remise du cadeau à l'orphelinat et à une distribution des grandes cartes.

Kazu devint une habituée des fêtes, des concours de beauté et de toutes les cérémonies organisées dans la préfecture. Elle fit des dons. Elle distribua des cartes. Quand on le lui demandait, elle chantait. A des réunions de femmes du peuple elle s'habillait en cuisinière et elle gagnait les cœurs de ces femmes à l'esprit trop simple pour suspecter son dessein.

Kazu critiquait la tendance du parti réformateur à ne pénétrer que dans les milieux cultivés. Lorsqu'elle apprit que le parti était faible dans le quartier de Kôtô et la région rurale de Santama, Kazu pensa qu'il se trouvait des coins dans le vaste Tôkyô où battaient de nombreux cœurs qu'elle seule pouvait conquérir. Elle demandait souvent à Yamazaki :

— Avons-nous de bons appuis dans le Santama ?

Un soir de la fin du printemps, Yamazaki apporta une information.

— Il paraît que l'on vient de poser la première pierre d'un monument aux morts à Ome. Il y aura dans le parc un grand festival de chants populaires. Le professeur de danse du lieu, qui est du même pays que vous, a dit qu'il voudrait vous inviter.

— Je n'ai pas cherché l'occasion ! J'irai en cuisinière.

— Ah... Vous vous mettriez en cuisinière pour des chants populaires ? Je vais m'informer pour voir si cela conviendrait.

Tous les actes de ce genre auxquels elle se livrait, sa manière de semer l'argent, étaient le résultat d'un froid calcul dans l'esprit de Kazu ; toutes les manifestations de sa bonté avaient un seul but : s'assurer des voix à l'élection. C'était là sa pensée dominante ; toutefois il n'entrait pas dans ses calculs de toucher les gens par la passion qu'elle mettait à payer de sa personne. Lorsqu'elle entendait des auditeurs dire qu'ils étaient réellement sensibles à un tel sacrifice de soi, elle riait intérieurement. D'un autre côté, quand on critiquait ses actions en déclarant qu'elles ne procédaient pas d'un enthousiasme sincère mais d'un calcul, elle était furieuse d'être ainsi méconnue. Ceci suffit à montrer combien la psychologie de Kazu était compliquée.

Bien qu'elle ne se fût jamais préoccupée de cette question, il se trouvait que les méthodes qu'employait Kazu pour s'assurer des votes étaient, malgré la simplicité de leur hypocrisie, parmi les facteurs les plus importants de sa popularité. Dans ce qu'elle prenait pour des calculs de sa part il y avait une sorte de sincérité, surtout de la sincérité à l'égard du peuple. Quel que fût le mobile de ses actes, son abnégation et son dévouement avaient le privilège de la faire aimer par les masses. En fait, Kazu n'avait pas une grande confiance dans son détachement. Ses stratagèmes qui sautaient aux yeux, ses tentatives effrénées pour duper les gens, la répétition éhontée et obstinée de ses ruses, déjouaient la vigilance des esprits simples. Plus elle essayait de tirer avantage de la foule, plus la foule l'aimait. On pouvait parler en cachette derrière elle, là où elle allait, mais elle partait en laissant une popularité croissante. Lorsque Kazu se rendait chez les femmes du quartier de Kôtô vêtue en cuisinière, elle se figurait qu'elle était une grande dame qui s'habillait en cuisinière pour mieux duper les gens en se mêlant à eux. Cependant personne ne s'y trompait : le costume d'une cuisinière allait très bien à Kazu !

Par un après-midi splendide de l'arrière-printemps, Kazu et Yamazaki firent un tour de deux heures d'auto dans la ville d'Ome.

Dans la voiture, Kazu montra à Yamazaki, à son habitude, un paquet enveloppé de papier épais.

— Je ne sais si cent mille yen conviendront pour le monument aux morts ?

— N'est-ce pas trop ?

— Le monument est élevé par les familles, non seulement d'Ome mais de tout Santama. Même si c'est peu, cela ne doit pas être trop.

— C'est votre argent, alors vous pouvez en disposer comme il vous plaît.

— Vous recommencez vos observations réfrigérantes. Après tout, mon argent est l'argent du parti !

En présence d'un tel sentiment du devoir, Yamazaki devait toujours tirer son chapeau. Pourtant cette fois, Yamazaki glissa un mot de sarcasme.

— Naturellement, lorsque vous vous tiendrez devant la première pierre du monument, vos larmes ruisselleront...

— Et puis ? Ce sera naturel ! Seul ce qui est naturel va au cœur des personnes.

En s'approchant d'Ome, la bordure verte au long de la route devenait plus large. On y voyait çà et là des ormes magnifiques qui lançaient dans le ciel leurs branches délicates. Leurs ramures semblaient former comme autant de filets jetés à la fois dans un océan de clarté. Kazu était heureuse de cette sortie à la campagne, rare dans sa vie. Elle offrait continuellement à Yamazaki des sandwiches qu'elle avait emportés ; elle en mangeait aussi. Elle supportait de ne pas éprouver de tristesse en ne se trouvant pas avec son mari puisque ce qu'elle faisait était sans conteste pour lui, et cette pensée renforçait au contraire les liens spirituels qui les unissaient. Pourtant ces liens spirituels qu'elle se plaisait à imaginer n'existaient plus depuis quelque temps que dans ses rêves et dans ses propres interprétations.

Ome était une ville vieillotte et calme que la guerre avait épargnée. Kazu fit arrêter l'auto devant la mairie. Elle fut assiégée par les journalistes de la presse locale que Yamazaki avait alertés auparavant. Elle se rendit dans le cabinet du maire pour y voir celui-ci et lui remettre son don destiné au monument aux morts. L'adjoint au maire et le professeur de danse qui était du pays de Kazu montèrent avec elle dans l'auto et la conduisirent devant les fondations de la stèle au parc de Nagayama. Le chemin suivi passait par les rues des faubourgs, franchissait un petit pont, prenait vers le nord et, de là, ils montèrent la pente douce d'une autoroute taillée au flanc d'une colline derrière la ville.

Kazu poussa des cris d'admiration devant la beauté des jeunes pousses le long de la route. Où qu'elle allât elle ne manquait jamais de chanter les louanges des paysages. Elle pensait que c'était important au point de vue politique. Il faut que les yeux du politicien aperçoivent de la beauté partout dans tous les paysages de sa circonscription. Il lui appartient de trouver naturellement de la beauté partout. En effet, sa circonscription doit être remplie de fruits à cueillir, tentants par leur fraîcheur.

Comme on l'avait prévu, la vue du parc du haut de la colline enchanta Kazu. Elle pleura un peu devant le monument aux morts; elle sourit aux femmes de l'Association de chants populaires groupées autour d'une estrade élevée au centre d'une clairière du parc. Quand on la conduisit à un pavillon d'été construit sur une petite élévation, la vue qu'on avait de là lui fit oublier les soucis de la vie quotidienne.

La perspective qui se déroulait vers le sud-est laissait voir çà et là vers l'est de la ville les méandres de la rivière Tama qui coulait lentement dans son large lit au-delà des bouquets de bois. Le vaste panorama était encadré par les branches des innombrables pins rouges du parc. Les bourgeons qui éclataient donnaient une teinte rousse aux montagnes du sud, au-delà de la vallée où la ville était bâtie. Bien que le soleil de l'après-midi brillât encore, une brume s'étendait partout; les bouquets des jeunes feuilles noyés dans cette clarté indécise faisaient penser à la chevelure en désordre d'une femme qui s'éveille. Par instants les couleurs vives d'un autobus apparaissaient entre les toits de la ville en dessous d'eux.

— Un beau paysage, n'est ce pas? C'est une vue splendide.

— Vous ne trouvez pas de vues aussi belles que celles du parc de Nagayama dans les environs de

Tôkyô, dit l'adjoint au maire qui, avec une carte roulée qu'il tenait à la main, écarta vers les branches d'un pin voisin les lampions qu'on avait suspendus au bord du toit pour la fête.

— Ce que vous voyez là-bas à l'horizon, vers l'est, c'est Tachikawa. Vue de loin elle paraît belle.

Kazu tourna les yeux dans cette direction. Le lit de la rivière Tama apparaissait par places entre les arbres pour disparaître finalement à la limite de l'horizon où brillait une ville blanche comme un bloc de sel. De là on voyait voltiger comme des fragments blancs qui étaient des avions. Ils s'élevaient, volaient à l'horizontale, puis disparaissaient dans les collines au sud. Le paysage était si blanc que Kazu le prenait pour un cimetière.

Telle qu'on l'apercevait, la base d'aviation de Tachikawa ne suggérait nullement une ville habitée par les hommes; elle faisait plutôt penser à de gros amas de minerais froids. De nombreux nuages passaient dans l'immensité du ciel au-dessus. Près du sol leurs contours étaient durs; plus haut ils s'adoucissaient et leurs formes devenaient indécises comme des fumées. A mi-hauteur un paquet de nuages déroulait dans la lumière les festons de ses bords supérieurs tandis qu'il sculptait plus bas des ombres puissantes. Seuls ces nuages paraissaient irréels; ils avaient l'air d'être projetés sur le ciel par une lanterne magique.

Ainsi la lumière d'un certain moment d'un après-midi de l'arrière-printemps avait créé un étrange mais délicat et réel paysage qu'on ne reverrait pas. Même lorsque les cryptomères du premier plan s'assombrirent, voilés par les nuages, à l'horizon le spectacle ne bougea pas, comme s'il avait été fixé.

Naturellement, pour Kazu un tel paysage n'appartenait pas au domaine de l'humain. Elle s'imaginait que ce qu'elle avait devant elle était une grande et belle chose du monde inorganique. C'était naturellement quelque chose qui était entièrement différent du parc de l'Ermitage. Ce n'était pas une jolie miniature faite par l'homme et qui pouvait tenir dans la main. Contempler ce paysage devait être un acte politique. Le regarder, le résumer, le gouverner étaient des affaires politiques. L'esprit de Kazu n'était pas fait pour l'analyse, cependant la beauté qui s'était fixée en un instant dans ses yeux lui parut contredire les rêves politiques qu'elle avait confiés à ce corps replet, débordant de passion et de larmes et elle pensa qu'elle lui révélait avec une horrible moquerie son manque d'aptitude pour la politique.

A ce moment, comme si elle était arrachée à un rêve, ses oreilles furent frappées par les battements d'un tambour et la voix d'un disque auxquels se joignirent un grand nombre de gens dans un chœur populaire. Pour la première fois elle remarqua les couleurs vives dont étaient peintes les lanternes suspendues de tous côtés. Une enfilade de lampions courait au haut d'une rangée d'érables dont les branches aux jeunes feuilles étaient garnies de petites fleurs couleur pourpre.

— Allons ! Joignons-nous à eux ! Dansons avec eux ! dit soudain Kazu en entraînant Yamazaki par la main.

— Voilà une surprise, madame ! dit l'adjoint.

Les yeux de Kazu ne voyaient plus le paysage. Le professeur de danse la conduisit au milieu de la foule qui dansait une danse populaire. Les femmes et les filles de la ville, qui formaient le noyau de l'Association pour les chants populaires, étaient toutes pareillement vêtues du même costume, elles chantaient et dansaient *Mitake soma*. Kazu imita naturellement le mouvement des mains des danseuses et ses pieds suivirent aussi naturellement.

— Vous êtes maladroit, hein ? Je vais me placer devant vous ; vous n'aurez qu'à m'imiter, dit Kazu à Yamazaki en lui tapant sur l'épaule ; dans son complet veston il agitait ses bras et ses jambes à contretemps.

— Vous êtes douée, madame, dit en dansant le professeur ; vous n'avez pas besoin de leçons.

L'adjoint au maire se tenait en dehors du cercle des danseurs et regardait avec des yeux stupéfaits.

Les deux nouveaux venus, citadins qui ne portaient pas le costume de danse, devinrent rapidement l'objet de l'attention des danseurs. Kazu était déjà comme ivre. Se mêlant aux autres, elle transpirait librement sous les rayons du soleil ; frôlant les corps des femmes qui dansaient elle respirait leur odeur ; elle oublia tout de suite sa personnalité et se plongea dans la danse. Elle ne sentait aucun mur entre elle et les habitants de cette ville qu'elle visitait pour la première fois. Les violents battements de tambour sur l'estrade, la voix perçante qui sortait du disque suffisaient à Kazu pour que son corps s'unît intimement aux danseurs. La sueur qui ne tarda pas à ruisseler sur ses joues n'était pas la seule à couler.

Lorsque l'air fut terminé, Kazu courut vers l'adjoint et lui dit :

— Je suis tout à fait contente. Je chanterai *Sado o Kesa*. Il y a un microphone sur l'estrade ?

Les femmes de la campagne s'assemblèrent en foule autour de Kazu. La plupart étaient d'âge mûr. Elles avaient l'air de femmes de petite condition mais à leur aise ; la transpiration avait détruit leurs fards de jours de fête, ne laissant de visible que leur peau tannée comme du cuir par le soleil qui l'avait cuite au cours des travaux de la moitié de leur vie. En face de ces visages aux yeux pleins d'une légère curiosité, aux sourires exprimés par toutes ces dents en or, aux cheveux qui se rebiffaient en s'échappant des chignons, Kazu se sentait en pleine confiance. L'adjoint, s'ouvrant un chemin dans la foule, accompagna Kazu sur l'estrade. L'échelle était raide mais un peu de danger de cette nature rendait Kazu heureuse. L'adjoint se plaça devant le micro et dit :

— Mesdames et messieurs, Mme Noguchi, la femme du célèbre membre du parti réformateur Noguchi Yûken, est venue tout exprès de Tôkyô pour assister au festival de chants populaires. Elle veut bien nous chanter *Sado o kesa*.

Kazu s'avança vers le micro et salua.

— Je suis Mme Noguchi Yûken. J'ai eu grand plaisir à constater combien vous vous amusiez, et l'idée m'est venue de vous chanter quelque chose, si vous voulez bien excuser ma maladresse. Je vous en prie, mesdames et messieurs, dansez !

Kazu frappa dans ses mains pour indiquer le rythme au jeune tambourineur. La foule bruyante qui était sous ses yeux se tut dès qu'elle eut commencé à chanter et se mit à danser comme si elle était libérée de toute contrainte.

*Les arbres et les plantes s'inclinent vers Sado, vers Sado
Qu'il est bon d'être à Sado ! Qu'il fait bon y vivre !
Je me rappelle le passé et les larmes me viennent aux yeux
La Baie d'amour par une lune voilée...*

Jusqu'au crépuscule Kazu descendait de l'estrade pour danser, y remontait pour chanter. Plusieurs membres de l'Association des chants populaires montèrent avec elle sur l'estrade et chantèrent pour lui apprendre une chanson locale.

A la tombée de la nuit, on alluma à la fois toutes les lanternes suspendues aux branches du parc tout entier. Kazu, priée de chanter *Sado o Kesa* pour la troisième fois, remonta seule sur l'estrade. Maintenant que les lanternes étaient illuminées, l'obscurité de toutes les montagnes voisines paraissait les envelopper étroitement. Lorsqu'elle eut terminé son troisième *O Kesa,* les applaudissements furent repris sur les pentes tout autour, rare événement dans un pareil festival. Yamazaki monta sur l'estrade, excité, et dit à l'oreille de Kazu :

— C'est un grand succès. Les femmes de l'Association des chants populaires disent qu'elles ne veulent pas vous laisser partir ce soir. Finalement vous avez conquis Santama.

— Vraiment, répondit Kazu en essuyant son visage en sueur avec son mouchoir.

Elle jeta les yeux sur les montagnes en face.

— Vous devez être fatiguée !

— Non, pas tant que cela.

Pendant qu'elle chantait son attention avait été attirée par quelque chose au flanc de la montagne en face. C'était un point lumineux sur la pente noire qui paraissait s'être rapprochée avec la nuit ; ce point était plus visible à certains moments, puis disparaissait. Il était trop faible pour être une flamme ; on aurait plutôt pensé à des étincelles partant de temps à autre d'un feu. Kazu ne se rappelait pas avoir vu, quand il faisait jour, de maisons dans un pli de la montagne où maintenant le feu brillait par moments en éclairant vaguement les alentours, puis s'évanouissait. Regardant attentivement, elle vit de la fumée monter de côté et se traîner jusqu'au bas de la montagne.

— Quel est ce feu ? demanda Kazu au jeune tambourineur qui avait fait tomber le haut de sa chemise pour essuyer la sueur de son corps.

— Qu'est-ce que c'est ? demanda le jeune homme à un autre jeune.

— Cela ? C'est la cheminée du crématoire de la

ville! répondit avec indifférence ce dernier, qui avait un visage épais, un air insolent.

Kazu pensa avec une émotion douce à Noguchi et puis au tombeau des Noguchi.

12

Collision.

Le nombre des clients de l'Ermitage diminuait chaque jour. En premier lieu, Nagayama ne vint plus. A sa dernière visite des étincelles avaient jailli entre Kazu et lui quand elle était entrée dans le salon qu'il occupait.

— Tu y vas carrément, avait-il dit gaiement.

— Que voulez-vous dire ?

— Mais tout le monde dit que l'ennemi est dans le Honnôji [1].

— Vous parlez de plus en plus par énigmes.

— Je veux dire que ce n'est pas parce que tu es éprise de ton mari que tu dois aller si loin.

— Ah ! Je pensais que lorsqu'une femme aime, elle peut aller de sang-froid jusqu'au crime.

— Le crime pourrait s'excuser. Mais il y a des

---

1. Oda Nobunaga avait choisi le temple Honnôji à Kyôto comme résidence. Il y fut attaqué par un transfuge Akechi Mitsuhide en 1582 et tomba au cours du combat.

choses pires que le crime. Tu as vendu nos petites ficelles à l'ennemi.

— Quand ai-je vendu vos secrets ?

— Je n'ai pas parlé de secrets, j'ai dit nos vilaines ficelles. Ce que tu tais à présent revient à apprendre au bébé qu'est le parti réformateur de mauvaises ficelles, ces mauvaises ficelles qui appartenaient à nous seuls.

— Les ficelles que j'ai apprises par vous ne sont guère nombreuses.

— Ce n'est pas la peine d'essayer de t'arrêter, étant donné ta nature. Fais comme il te plaira. Cependant on ne peut fermer les yeux sur les violations de la loi sur les élections par le parti réformateur. Fais attention. Si vos gars n'ont guère couru jusqu'ici le danger d'être mis en prison, c'est parce qu'ils n'avaient pas d'argent.

— Merci pour votre amabilité. Mais si j'étais arrêtée j'aurais beaucoup de choses à dire au juge d'instruction.

Genki changea de couleur et se tut. Sur ce, eut-il l'idée qu'il eût paru enfantin de partir immédiatement, toujours est-il qu'il entama pour les convives présents une série de ses habituelles histoires scabreuses avant de s'en aller plus tôt que d'habitude. Lorsque Kazu le reconduisit dans le couloir, Genki lui passa un bras par-dessus les épaules et lui tapota deux ou trois fois le sein. Cette triste feinte amoureuse éloigna définitivement Kazu de Genki.

Le lendemain, Yamazaki arriva à l'Ermitage où l'avait appelé Kazu. Celle-ci se trouvait dans sa chambre, n'ayant sur elle qu'un sous-vêtement, et se faisait masser. La superbe couleur ibis du sous-vêtement étonna Yamazaki mais ce dernier comprit immédiatement que Kazu ne se permettait de se montrer dans une tenue négligée, qui aurait pu paraître suggestive à certains, que devant un homme qu'elle n'aimait pas. Lorsqu'elle se fit masser les cuisses, les bords du sous-vêtement couleur ibis se dérangèrent et laissèrent apercevoir les cuisses éclatantes de blancheur. Elles avaient un lustre profond, incroyable chez une femme qui avait largement dépassé la cinquantaine. Kazu ne ressentait aucune gêne à les exposer.

— Que puis-je faire pour vous ? Je vous le demande pour ne pas me faire de fausses idées.

— Il n'y a rien de particulier. Je vous ai fait venir uniquement pour vous tranquilliser. — Kazu se redressa lentement comme une femme qui se soulève dans un petit bateau qui roule : — Soyez rassuré. Quoi que vous fassiez, on ne vous arrêtera pas.

— Et pourquoi ? C'est ce qui ennuie le plus le président du comité.

— Je les ai un peu menacés, alors tout ira bien.

Sans écouter la réponse de Yamazaki, Kazu se retourna sur le ventre, se fit masser les bras et dit :

— Maintenant, à propos du dîner que vous m'avez demandé pour le syndicat des travailleurs, je m'en chargerai mais je vous serai obligée de m'en laisser fixer le prix.

— Je vous en remercie mais, vous savez, ce sont des gens qui vivent pauvrement.

— Je sais, mais avec trois cents yen, cela pourra peut-être aller?

— Trois cents yen?

Yamazaki était surpris par la modicité du prix.

— Oui, trois cents. La vérité est que je sais que nous aurons de plus en plus besoin d'eux, alors je les inviterais bien sans leur demander quoi que ce soit mais cela augmenterait le poids des sentiments de leurs obligations. Naturellement je leur servirai des mets et du saké de premier ordre.

Au cours de la conversation qu'elle eut ce jour-là, Kazu fit une moisson d'informations. Elle apprit incidemment, pour la première fois, un fait que Yamazaki supposait qu'elle connaissait depuis longtemps : quelques mois avant la fin de la guerre, Noguchi avait signé une pétition à l'Empereur en faveur de la paix. Kazu s'en réjouit hautement et reprocha à Yamazaki de ne lui en avoir rien dit plus tôt.

Kazu suggéra d'en faire rapidement le sujet d'un tract mais Yamazaki hésita à agir ainsi à l'insu de Noguchi. S'ils révélaient leur projet à Noguchi, ils étaient sûrs de se heurter à une opposition arrêtée. La décision que prit Kazu d'exécuter son projet sans en parler à Noguchi montra que, moralement, rien ne l'arrêtait plus. Elle dit d'un ton dégagé :

— Naturellement, il est inutile de consulter mon mari à ce sujet. Il n'y a pas de matière qui nous soit plus utile. Il est évident que c'est dans l'intérêt de mon mari que nous l'utiliserons. Ne serait-ce pas de la négligence de notre part de laisser inutilisé un si beau sujet !

A la fin, Yamazaki se laissa convaincre. Kazu l'amena ensuite à approuver un projet remarquable qui lui était venu au cours d'une nuit sans sommeil : faire imprimer cinq cent mille calendriers portant la photographie de Noguchi. Chaque calendrier coûterait à peu près quatre yen, ils seraient dessinés dans un style nouveau. Ils seraient distribués dans tous les syndicats ; par le syndicat des instituteurs chaque élève en recevrait un qui serait collé au mur de la maison de ses parents... Kazu raconta tout au long ses rêves à Yamazaki, oubliant à son habitude le temps qui passait... Les calendriers seraient fixés aux cloisons en planches des ateliers, à côté des machines à coudre des couturières, aux murs des chambres d'études des enfants. Dans les familles, le nom de Noguchi reviendrait probablement dans les conversations du dîner.

« Qui est donc cet homme-là ? » « C'est Noguchi Yûken. Tu ne le connais pas ? » La photo de Noguchi serait toujours là, souriante. Mais les photos où il souriait étaient rares ! Sa photo, sur laquelle flotterait le sourire d'un homme respectable d'âge mûr, devait présider à des repas plus ou moins frugaux ; il fallait que son visage reçût la vapeur des plats s'élevant de la table. Le calendrier devait s'insinuer partout : près de la cage aux oiseaux, au-dessous de la vieille horloge murale, à côté de la télévision, au-dessus de la petite ardoise où l'on inscrit les achats à faire en légumes et poisson, près du placard où dort le chat ; le sourire de Noguchi devait flotter partout. Et puis la dignité de sa chevelure argentée et son sourire devaient amener à un certain moment les hommes à le confondre avec les chers oncles qui jadis leur apportaient des gâteaux à chacune de leurs visites et caressaient leur tête. Son sourire devait jeter la confusion dans les souvenirs et faire revivre les illusions du temps passé pleines du sentiment de la justice. De même que le nom d'un vieux bateau entré au port et qui devient célèbre quand le bateau se remet à naviguer, de même le nom de Noguchi devait devenir synonyme d'un avenir qui verrait s'abattre les murs pauvres et salis par la suie.

Kazu poursuivit : quand le chat se lèvera et s'étirera il frottera son dos contre le visage de Noguchi sur le calendrier. Lorsque le vieux de la maison prendra le chat dans ses bras, il apercevra le sourire de Noguchi. Jamais l'expression de ce dernier ne paraîtra aussi chère, aussi généreuse, que dans le sourire qu'il montrera à ce moment-là.

A l'instant où Yamazaki partait, elle murmura encore :

— Ne vous faites pas de souci pour l'argent. J'ai hypothéqué l'Ermitage. Demain je disposerai à peu près de vingt-cinq millions de yen.

Le parti réformateur et les syndicats de travailleurs avaient fait jusque-là l'expérience d'élections auxquelles trois cent mille votants prenaient part, mais en face de cinq millions de votants ils ne voyaient pas comment conduire les opérations; ils ne savaient comment s'y prendre, dit Yamazaki, mais Kazu n'en eut que plus de confiance. Elle en vint à penser que l'élection était une tâche que le ciel lui confiait. C'était comme un jeu dans lequel il fallait employer toute son énergie contre un adversaire qui était à peu près comme le vide; c'était comme un pari engagé contre un partenaire dont l'existence ne pouvait généralement être constatée nulle part. Elle avait l'impression que quelle que fût son excitation, elle n'était jamais assez excitée, que quel que fût son calme, elle n'était jamais assez calme et dans l'un comme dans l'autre cas les points de repère lui manquaient. Il était une question dont Kazu n'avait pas à se préoccuper, c'était celle-ci : « N'en ai-je pas trop fait? » Sur ce chapitre Yamazaki ne pouvait lutter avec elle; le vétéran de toutes les élections du parti réformateur était devenu un grand admirateur des méthodes grandioses suivies par Kazu en toutes choses.

Un certain jour assombri par une pluie ininterrompue, Kazu qui rentrait à l'Ermitage vers le soir rencontra à la porte d'entrée une servante de confiance dont le visage était bouleversé.

— Le maître est arrivé...
— Où est-il?
— Il attend dans votre chambre, madame.
— Pourquoi l'avez-vous conduit là?
— Il est arrivé tout à l'heure inopinément et il est allé de lui-même à votre chambre.

Involontairement, Kazu frissonna. C'était la première fois que Noguchi venait à l'Ermitage sans prévenir. Si Kazu tremblait, c'est que, dans la chambre adjacente à sa chambre à coucher étaient empilés des monceaux de calendriers et de tracts qui venaient d'être imprimés.

Son cœur battant le tocsin, Kazu restait sur place, sans enlever son manteau de pluie ruisselant. Sous la lampe de l'entrée, elle était consciente de la crainte exprimée par son visage. Le vieux portier qui l'avait abritée depuis le portail oubliait de refermer son parapluie et regardait fixement sa maîtresse.

Kazu pensait à tous les mensonges imaginables. Il était dans ses dons de savoir se tirer d'affaire élégamment de n'importe quelle situation difficile et de s'esquiver sur-le-champ comme une hirondelle qui file au bord d'un toit. Dans le cas présent cependant, elle pensa que le mieux était de s'en tirer par le silence. Il n'y avait pas lieu de douter de ses bonnes intentions, et elle n'avait rien fait dont elle pût avoir honte. Mais Kazu craignait Noguchi plus que tout au monde.

Enlevant lentement son manteau, elle se retourna pour regarder les flots qui tombaient sur l'espace découvert conduisant du portail de derrière à l'entrée de la maison.

Les fleurs rouges de grenadiers étaient abattues par la pluie. Il faisait plus chaud que de coutume cette année et les fleurs étaient sorties de bonne heure. Dans le jour qui s'assombrissait, leur couleur était éclatante. En les regardant, Kazu sentit son émotion se calmer un peu.

— Je viens de rentrer, dit-elle en s'agenouillant au seuil de la porte de sa chambre.

Noguchi, qui était en vêtements japonais, se leva sans mot dire ; il repoussa Kazu agenouillée de la pointe du pied et s'écria :

— Nous retournons immédiatement à la maison. Viens !

Et il sortit le premier dans le couloir. Kazu aperçut dans sa main droite un tract et un calendrier plié. Lorsque Noguchi, marchant devant elle, passa sur le pont bombé du couloir, la silhouette lui rappela soudain celle du premier soir où elle l'avait rencontré et elle ressentit intensément un mélange de tristesse et d'affection. Tout ce qu'elle avait entrepris de son propre chef lui parut comme une fatalité malheureuse. Elle pleurait en le suivant.

Lorsqu'elle franchit la porte, les servantes, habituées à la voir pleurer, n'eurent pas l'air surpris. Noguchi tenait obstinément la bouche close. Durant tout le parcours en voiture jusqu'à la maison, Kazu ne cessa de pleurer et Noguchi ne dit pas un mot.

Arrivés à la maison, Noguchi toujours silencieux conduisit Kazu à son cabinet de travail dont il ferma la porte à clef. Après être entré, il n'avait pas l'air de bouillir de rage ; sa colère se dressait comme un rocher abrupt qu'il n'y avait aucun moyen de franchir.

— As-tu compris pourquoi je suis allé à l'Ermitage ?

Kazu, qui pleurait toujours, secoua faiblement la tête. Dans sa manière de secouer la tête, elle mit une légère coquetterie tout en pensant que cela n'était pas le moment. Alors elle reçut immédiatement un soufflet et s'écroula sur le tapis en pleurant.

— As-tu compris ? dit Noguchi hors d'haleine. Aujourd'hui l'imprimeur a téléphoné ici. J'ai répondu. Il m'a dit que l'argent des calendriers n'avait pas été versé et il voulait être payé. Il a dit qu'ils avaient été commandés par ma femme. J'ai posé des questions pour m'informer et à la fin, j'ai compris que c'était ton fait. Je suis allé à l'Ermitage et qu'y ai-je trouvé ? Non seulement des calendriers, mais cela, qu'est-ce que c'est ? C'est insensé ! C'est de l'insolence !

Il souffleta plusieurs fois Kazu au visage avec le tract. Kazu s'était querellée deux ou trois fois avec son mari mais jamais à ce point. Tout en recevant ses coups, elle levait vers lui des regards furtifs. Noguchi respirait avec peine mais la colère ne déformait pas son visage. Cette rage froide faisait trembler Kazu.

— Tu as couvert de boue la face de ton mari. C'était ce que je pouvais attendre de toi. Tu as sali ma carrière. Tu devrais avoir honte de toi ! Honte ! Tu es contente de savoir que ton mari est la risée de tout le monde ?

Il piétina le corps de Kazu étendu par terre, sans regarder les places où il mettait les pieds, mais son corps frêle pesait peu, le corps replet et élastique de Kazu, qui se roulait par terre en criant, repoussait chaque fois comme un ressort le pied qui la frappait.

Noguchi alla s'asseoir sur la chaise de l'autre côté de la table et regarda froidement Kazu étendue sur le sol pleurant et criant.

Aussi bien par les expressions employées que par les manières de temps révolus qu'ils révélaient, les reproches de Noguchi faisaient penser à l'incarnation du vieux sentiment de la justice. La colère de cet homme d'un autre âge s'exprimait sur un mode majestueux qui enchantait intérieurement Kazu. Sur le point de perdre les sens de douleur et de bonheur, Kazu réfléchit et pensa qu'une fois que Noguchi avait interdit une chose qu'il jugeait devoir être interdite, il redevenait immédiatement sourd et muet. Cette pensée se répétant dans son esprit la rendit de nouveau plus indulgente à l'égard de Noguchi et encore plus vis-à-vis d'elle-même.

Tout en hurlant comme une bête sauvage, Kazu demanda son pardon. Elle invoqua dans ses cris toutes les excuses imaginables. Elle semblait perdre connaissance et se calmait puis, d'une voix plus élevée que jamais, elle demandait pardon. Noguchi continua longtemps ses tortures. Au point où en étaient les choses, il n'était pas douteux qu'elle avait dépensé des sommes considérables ; elle ne sortirait pas avant d'avoir tout confessé. Kazu déclara d'une voix incohérente :

— C'est l'argent que j'ai économisé... C'est pour vous que je l'ai employé... Tout a été dans votre intérêt...

Noguchi l'écoutait froidement. Puis, pour montrer qu'il ne voulait rien entendre de ses explications, il tira de sa bibliothèque un livre occidental et se mit à lire en tournant la tête du côté opposé à Kazu.

Un très long silence suivit. Seul le rond de lumière projeté par la lampe de bureau éclairait la pièce. On n'entendait rien d'autre que la pluie, de temps à autre le bruit d'une page que tournait Noguchi, et les soupirs désordonnés de Kazu. Seul le corps replet, étendu par terre, d'une femme d'âge mûr dans un kimono dont les pans étaient en désordre jetait une note discordante dans le calme de la nuit de ce cabinet de travail. Kazu comprit que ses cuisses apparaissaient hors des pans de son kimono et que, placées au bord du cercle de la faible lumière de la lampe, on les voyait se soulever et s'abaisser avec sa respiration. Sentant que le froid l'engourdissait peu à peu, elle fut sûre que certaines parties de sa peau étaient découvertes. Elle pensait avec tristesse à leur inutilité incontestable et savait que les parties blanches de ses cuisses qu'elle montrait sans discrétion, refroidies et engourdies, étaient exposées à un dédain absolu. Elllle avait l'impression que le dédain de Noguchi, traversant cet engourdissement, pénétrait tout son corps.

Finalement Kazu rétablit le désordre du bas de son kimono, elle s'assit correctement et, posant le front sur le tapis, déclara qu'elle allait confesser absolument tout. Elle dit tout en effet, à commencer par la mise en gage de l'Ermitage.

Noguchi reprit avec un calme inattendu :

— Ce qui est fait est fait. Mais, dès demain tu fermeras l'Ermitage et tu habiteras désormais ici. Tu me suis ? Tu ne mettras plus le pied dehors.

— Fermer l'Ermitage ?

— Oui. Si tu ne m'obéis pas, il ne nous restera qu'à divorcer.

Pour Kazu, cette menace était plus effrayante qu'une raclée. Un grand noir s'ouvrait sous ses yeux. « S'il divorce, personne ne s'occupera plus de moi quand je serai dans la tombe... » A cette pensée, Kazu se résolut de payer n'importe quelle compensation exigée par Noguchi.

13

Un obstacle sur le chemin de l'amour.

A la suite de cette querelle, Kazu conclut qu'il ne lui restait rien d'autre à faire que de mettre l'Ermitage en vente. Des rumeurs avaient déjà circulé au sujet du restaurant et il était tout indiqué pour devenir l'objet d'une contre-propagande. Avant tout on ne pouvait le considérer que comme la base des agissements pernicieux de la femme de Noguchi. Ce dernier était en rage de constater que Kazu avait hypothéqué l'Ermitage à son insu et utilisé l'argent pour financer une campagne préliminaire. Il en était venu à l'idée que le mieux était de couper les racines du mal, de mettre l'Ermitage en vente et d'employer l'argent ouvertement et honnêtement pour couvrir les frais d'élection. Noguchi avait compris pour la première fois combien le parti était pauvre.

La vente de l'Ermitage fut confiée à Noguchi. Kazu y était farouchement attachée. L'idée de s'en séparer l'attristait au-delà de toute expression mais finalement, plus qu'à son beau parc, elle tenait au petit tombeau incrusté de mousse de la famille Noguchi.

Les multiples difficultés qu'occasionnait la vente donnèrent à Kazu un prétexte imprévu pour quitter la maison de Noguchi où elle était séquestrée et revenir à l'Ermitage. Une fois revenue, elle ne s'occupa absolument en rien des affaires du restaurant. Les employés étaient inquiets de la fermeture prolongée mais elle ne leur dit rien de la vente projetée. Elle faisait venir Yamazaki tous les jours et travaillait à des stratagèmes de toutes sortes. Lorsqu'une bonne idée lui venait en tête elle ne tenait plus en place et donnait l'ordre de tenir son auto prête à partir. Ainsi, malgré la réprimande qu'elle avait reçue, la vie de Kazu était redevenue la même qu'autrefois, sauf que l'Ermitage restait fermé.

Noguchi avait confié le soin de la vente à un avocat de ses amis et bientôt on découvrit un acheteur sur qui l'on pouvait fonder de bons espoirs. C'était Fujikawa Genzô de la Fédération des sociétés Fujikawa. Des négociations s'ouvrirent entre son avocat-conseil et l'avocat de Noguchi et l'on pouvait penser que les pourparlers allaient aboutir rapidement. Toutefois l'acheteur refusait de faire un seul pas au-delà de quatre-vingts millions alors que les vendeurs voulaient cent millions.

Un jour où Kazu se trouvait à l'Ermitage, une servante vint lui dire que Nagayama Genki l'appelait au téléphone. Kazu avait déjà rompu toutes relations avec Genki et elle n'avait pas envie d'aller au téléphone, mais Yamazaki qui était assis à côté d'elle pensa qu'il serait bon d'aller voir et l'y engagea en lui poussant le genou.

Malgré la promesse qu'elle avait faite à Yamazaki de lui obéir en tout point, cette intervention ne lui plut pas. Dès qu'elle sentit sa pression sur son genou elle se recula sur la natte en bondissant d'une cinquantaine de centimètres. L'élasticité cachée qui avait fait bondir comme un léopard le corps très replet de Kazu fit ouvrir à Yamazaki des yeux étonnés. Kazu tenait obstinément la tête tournée vers le parc mouillé par la pluie de la fin de printemps. Le parc n'était plus qu'une grande tache verte.

— Pourquoi êtes-vous fâchée ? Je vous ai simplement fait une suggestion parce que je la croyais bonne.

Kazu se taisait. Elle se rappelait les lèvres épaisses, brunes, de Genki. Il lui apparaissait comme un empilement de la boue de la moitié de sa vie. Cet homme, au corps trapu, débordant de force, représentait pour elle tous les souvenirs qu'elle ne voulait pas se rappeler. De plus, sa décision de cesser toutes relations avec Genki parce qu'il l'avait traitée comme un frère aîné traite sa sœur cadette tenait étroitement à sa vanité blessée. Même au plus fort des réprimandes de Noguchi, Kazu gardait quelque part sa personnalité tandis qu'un ricanement de Genki lui donnait l'impression d'être devenue transparente jusqu'aux dernières profondeurs de son être. En un mot Kazu rejeta le mouvement qui lui avait fait envisager un instant comme un soulagement l'appel de Genki au téléphone.

Elle se leva et alla tranquillement dans sa chambre

165

où elle se fit donner la communication. Couvrant presque le récepteur avec son corps, elle lança : « Allô, allô... » La voix de la secrétaire fut bientôt remplacée par celle de Genki.

— Que t'arrive-t-il? Tu m'en veux toujours, n'est-ce pas? Mais je peux recevoir des coups, j'ai l'intention de toujours rester ton ami comme autrefois. C'est bon; on m'a dit que tu avais fini par fermer ton restaurant. Mais tu me donneras bien un thé et un peu de riz? Nous sommes toujours bons amis, n'est-ce pas?

— Si je fais une seule exception pour vous, le restaurant n'est plus fermé.

— Oh! As-tu l'intention de transformer ton restaurant en maison de rendez-vous pour travailleurs?

— Ah! Ah! Cela m'irait d'avoir des clients jeunes et frétillants!

— C'est bizarre, parce que ton mari doit être d'un âge voisin du mien.

— En voilà assez. Qu'est-ce que vous me voulez?

— Bah! Voudrais-tu que nous déjeunions ensemble?

Kazu refusa net, disant qu'à l'heure actuelle elle n'était plus libre d'accepter. Mais Genki ajouta :

— Puisqu'il n'y a rien à faire, je vais te dire la chose au téléphone — et il passa d'un ton détaché à un sujet inattendu et important : — Cette tête de pierre de Noguchi nous donne des ennuis. Nous lui avons envoyé quelqu'un (tu es certainement au courant) pour lui proposer ceci : nous retirerions notre candidat s'il voulait prendre le vice-préfet dans le parti conservateur (on ne pouvait faire une plus belle proposition, n'est-ce pas?). Noguchi n'a rien voulu entendre, à son habitude. C'est une offre vraiment belle; s'il accepte notre condition il est sûr d'être élu. Pousse-le à accepter... S'il regimbe, je te préviens qu'il te sera difficile de vendre l'Ermitage. Je te dis cela uniquement dans ton intérêt.

Kazu coupa précipitamment la communication. Contrairement à l'allure qu'elle avait prise pour venir, celle de son retour était rageuse. Au seul bruit de ses pas Yamazaki comprit qu'elle était en colère.

Kazu ayant fermé derrière elle la porte coulissante s'écria en restant debout :

— Monsieur Yamazaki, comment pouvez-vous être si horrible ! Une proposition importante a été faite à mon mari et vous ne m'en avez pas soufflé mot !

Quand elle était en colère, ses sourcils minces se relevaient, les coins de sa bouche s'abaissaient. Sa ceinture et le ruban qui la fixait étant placés bas lui donnaient un aspect de raideur inflexible comme celle d'une planche dure. Cette impression était renforcée par le fait que le ruban au lieu d'être noué obliquement d'une manière élégante était noué tout droit à la manière de la campagne.

— Mais, asseyez-vous donc, lui dit Yamazaki.

Il expliqua patiemment la situation à Kazu qui s'était assise de profil, la tête obstinément tournée d'un autre côté, ainsi qu'aurait fait un petit enfant. Lui raconter l'histoire n'aurait servi qu'à la bouleverser, exposa Yamazaki; la seule ligne à suivre pour elle était de se dévouer entièrement à la campagne. Noguchi avait refusé d'écouter les propositions alléchantes du parti conservateur et si l'on voulait lui faire entendre quelque chose, les raisonnements des chefs du parti seraient plus efficaces que ceux de sa femme. La conversation téléphonique de tout à l'heure l'enchantait parce qu'elle montrait que la campagne préliminaire de Kazu devenait une menace pour l'ennemi. Le parti conservateur opposait un candidat appelé Tobita Gen qui était un choix sans espoir, dans lequel son parti n'avait pas confiance, ainsi que cette conversation téléphonique le révélait. En fait, si le présent préfet qui avait eu l'air de vouloir se retirer restait toujours en place, c'est que le Premier ministre ne donnait pas son approbation au choix du candidat conservateur. Il était regrettable que Noguchi ne profite pas, pour des raisons politiques, de l'offre qui lui était faite. Pour Mme Noguchi, la première chose était de ne pas s'effrayer ; il était clair que les efforts faits jusque-là commençaient à porter leurs fruits.

Yamazaki donnait ses explications avec le plus grand soin. Le visage de Kazu s'éclaira soudain comme le parc baigné par le soleil. Yamazaki trouva beau ce visage si soudainement transformé. C'était comme un masque souriant qui s'était formé sous le visage précédent et qui prenait soudain sa place ; dans sa fraîcheur toute nouvelle il ne restait pas trace des ravages causés par les émotions de l'instant d'auparavant.

— Eh bien ! Cela vaut que l'on boive une coupe ! Ce soir je bois une coupe avec vous !

Elle se leva, fit glisser les portes coulissantes qui les séparaient du grand salon de vingt nattes et se mit à danser. A l'autre bout de la pièce, sur une porte coulissante, était une peinture par Kagei Tatebayashi représentant dans la manière de Kôrin une petite rivière d'argent enjambée par un pont en dos d'âne et coulant parmi des iris. Kazu ouvrit encore les fenêtres coulissantes donnant sur le parc et, de la petite pièce où il était assis, Yamazaki aperçut un coin vert du paysage mouillé.

Maintenant que l'Ermitage était fermé, il paraissait plus joli au crépuscule d'une journée de pluie que lorsqu'il était plein de clients bruyants. Le grand salon sombre et glacial d'ordinaire se montrait au contraire dans la splendeur de son mobilier et de ses portes peintes. Quoique vue de dos, Kazu apparaissait à moitié comme une ombre chinoise mais tellement débordante de vitalité qu'elle paraissait avoir rassemblé en elle seule toute la vie de cet immense salon.

Passée dans la véranda et contemplant le parc, Kazu avait saisi de la pointe de ses orteils chaussés de blanc l'encadrement de la porte, comme un perroquet agrippé à son perchoir et se tenait dans cette position dangereuse qui n'avait aucun sens, mais elle y restait.

Elle avait les yeux fixés sur ses orteils qui, entre la pénombre du salon et le vert embrumé de l'extérieur, apparaissaient distinctement dans leur blancheur, fortement enroulés sur eux-mêmes comme de petits animaux intelligents. Elle les étendit. Ses tabi[1] se gonflèrent, firent apparaître des rides blanches. L'effort qu'elle faisait pour se retenir de la seule pointe de ses pieds dans cette position instable se propagea dans tout son corps, faisant naître en elle une sensation de danger qui lui était agréable. Pour peu que cet effort se relâchât, son corps tomberait sur les plantes et les dalles humides en s'enfonçant dans la verdure mouillée par la pluie.

Yamazaki entra dans le grand salon et aperçut de dos Kazu dont le corps vacillait d'une manière inquiétante en avant et en arrière.

— Qu'est-ce qui vous arrive, madame? s'écria-t-il effrayé en s'approchant.

Kazu se retourna et rit très fort en montrant ses dents.

— Ah! Je n'aime pas cela : je ne suis pas encore d'âge à avoir un transport au cerveau. Ce que je faisais était juste pour m'amuser. Eh bien, nous allons partir pour aller boire un peu.

Kazu et Yamazaki allèrent faire le tour des bars et des cabarets. Dans son ivresse, Yamazaki ne pouvait s'empêcher de remarquer du coin de l'œil que Kazu distribuait les grandes cartes de visite aux servantes et aux serveurs.

Noguchi refusa carrément le compromis que le parti conservateur lui fit offrir par deux ou trois voies détournées. Quelques jours plus tard le conseil de la

1. *Tabi* : chaussettes basses dont le gros orteil est séparé.

Fédération Fujikawa annonça brusquement à l'avocat de Noguchi qu'il ne pouvait accepter les conditions de la vente de l'Ermitage. L'avocat de Noguchi fit une enquête et découvrit que le Premier ministre Saeki avait fait pression à cet effet. Il avait dit à Fujikawa Genzô :

— N'achetez pas l'Ermitage en ce moment. En l'achetant avant cette élection importante, vous fourniriez des armes à l'ennemi.

Noguchi fut furieux quand il apprit le fait. Yamazaki, qui ne se mettait jamais en colère, déclara que c'était une bonne occasion pour faire la guerre à l'ennemi et il poussa Noguchi à rencontrer publiquement le Premier ministre Saeki. Noguchi, plus âgé que Saeki, alla faire à ce dernier une visite à sa résidence officielle. Du ton pompeux et maladroit qui lui était habituel, il critiqua le Premier Ministre pour sa manière méprisable d'intervenir dans le règlement d'affaires privées. Le Premier Ministre protesta avec un sourire déférent disant qu'il ne se rappelait absolument rien de la sorte.

— D'ailleurs je trouve cette histoire trop dramatique pour que je puisse y croire. Il tombe sous le sens qu'un chef de gouvernement ne téléphone pas à propos de pareils sujets comme un petit mercanti ? Ne croyez-vous pas que l'explication la plus plausible est que Fujikawa a fait usage de mon nom pour vous opposer un refus ?

Le Premier ministre traitait Noguchi comme un vieillard, allait jusqu'à l'aider à s'asseoir ou à se lever

171

de sa chaise, et cette étiquette exagérée blessait le vieux diplomate. Le véritable machiavélisme se présente avec la douceur de la soie. A cet égard, Saeki offrait au plus haut degré la douceur de la soie. « Que manigance cette espèce de galopin ? » pensait Noguchi. Quand il rentra chez lui, de mauvaise humeur, Kazu le réconforta en ne disant rien. Il n'y avait pas d'espoir maintenant de vendre l'Ermitage. Kazu fit de son mieux pour cacher son bonheur. Elle se dit qu'elle compenserait cette trahison à ses sentiments par une fidélité politique toujours plus grande.

14

Enfin, l'élection.

Le préfet de la capitale quitta ses fonctions à la fin de juillet et l'élection fut annoncée immédiatement. La quinzaine de jours qui allait s'écouler jusqu'au 10 août fut officiellement ouverte à la campagne. Cette année-là l'été était très chaud. Kazu, plus active que jamais, prit une deuxième hypothèque sur l'Ermitage ce qui lui fournit trente millions de yen. Un bureau pour l'élection fut loué au deuxième étage d'un grand immeuble de Yûraku-chô.

Le matin du jour de l'annonce officielle de l'élection, au moment où Noguchi allait sortir pour faire son premier discours, une nouvelle dispute s'éleva entre Kazu et lui. En prévision de ce jour, Kazu avait acheté une étoffe anglaise de première qualité pour un costume d'été, et s'était donné de la peine pour trouver un tailleur qui vînt prendre les mesures de son mari. Mais Noguchi ne voulait pas entendre parler de cela. Il voulait aller faire son discours en ville dans un complet de toile qu'il avait fait faire en Angleterre et qui avait complètement jauni avec les années.

— C'est Noguchi Yûken qui se porte aux élections. Ce n'est pas un mannequin habillé à l'européenne. Je ne m'habillerai pas comme cela.

Au fond de cette niaiserie, chacun pouvait apercevoir les craintes d'un esprit étroit. Lequel de ses auditeurs penserait en voyant le vieillard vêtu d'un complet neuf que c'était sa femme qui l'avait habillé ? Yamazaki avait dit à Kazu : « Il se comporte à votre égard comme un enfant gâté. Ne vous faites pas de souci et faites-lui faire un costume en prenant les mesures sur un vieux complet. »

La nature de Kazu ne lui permettait qu'une foi limitée dans les dieux. Cependant, ce matin-là, elle se leva à quatre heures et alluma un petit cierge devant l'autel bouddhique. Elle pensait qu'elle devait mettre feu Mme Noguchi de leur côté en lui demandant de se joindre à eux pour assurer la victoire de Noguchi. Les moustiques arrivèrent du jardin où régnait encore l'obscurité qui précède l'aube et voltigèrent autour des mains jointes de Kazu.

Il n'y avait pas la moindre piété dans le ton de son invocation :

— N'est-ce pas ? De femme à femme, serrons-nous les mains et faites en sorte que Noguchi soit vainqueur...

Kazu s'imagina qu'une belle amitié s'établissait à vue d'œil entre elle et cette femme qu'elle n'avait jamais vue de sa vie. Elle pleura un peu.

— Vous êtes bonne, n'est-ce pas ? N'est-ce pas ? Si

vous viviez encore nous serions devenues de bonnes amies!

Les moustiques piquaient partout le corps de Kazu qui sentait bon. En supportant la douleur, Kazu pensait qu'elle aiderait à la victoire de Noguchi. C'est ainsi qu'elle s'entretint un long moment avec la défunte Noguchi Sada-ko.

Pendant ce temps le jour était venu et avec lui les premiers rayons intenses d'un soleil d'été tombaient sur le jardin. Passant au travers du feuillage des nombreux arbres le soleil découpait des ronds de lumière sur le centre du jardin, semblables à des ronds de papier découpé. Se retournant pour regarder les dalles du jardin, d'un blanc éclatant, Kazu s'imagina qu'une grue était descendue dans le soleil levant pour se poser dans le jardin, les dalles blanches figurant ses ailes étendues. La plaisanterie qu'elle avait faite un jour en racontant à Noguchi qu'une grue avait volé dans le jardin n'était plus un mensonge. Ce qu'elle voyait était d'un bon augure mais, craignant une rebuffade, elle ne dit rien à Noguchi.

Noguchi s'éveilla peu après. Comme d'habitude, il prit son petit déjeuner avec Kazu en gardant le silence.

— Ne voudriez-vous pas un œuf cru? finit par demander Kazu.

— Je ne me rends pas à une réunion sportive pour écoliers, répondit-il en refusant nettement.

Noguchi tirait beaucoup de vanité de son flegme; cela tenait sans doute à son éducation anglaise, mais ce qui le différenciait d'un Anglais était le manque total de cette ironie élégante et de cet humour qui doublent le flegme britannique. Pour montrer qu'il conservait son calme habituel, il fut délibérément de mauvaise humeur.

Yamazaki arriva, suivi de membres du quartier général ouvert pour la campagne. Ainsi qu'elle l'avait projeté, Kazu apporta en présence de Yamazaki le nouveau complet qu'elle sortit d'une grande boîte à vêtements et une rose blanche.

— Qu'est-ce que c'est ? Je ne mettrai pas une chose pareille, dit Noguchi en jetant un coup d'œil vers la boîte. Quoiqu'elle fût résolue à ne pas céder à l'émotion, Kazu était si désireuse de voir ses intentions se réaliser qu'elle éclata en pleurs. Noguchi s'entêta de plus en plus. Yamazaki s'interposa et essaya de l'apaiser. Finalement Noguchi enfila les manches mais il refusa obstinément la fleur à la boutonnière.

Au moment du départ tout le monde l'accompagna à la porte de la maison. Kazu était émue en le voyant dans son complet neuf et une chemise d'un blanc immaculé. Quand elle avança la main pour redresser un col qui n'avait pourtant aucun pli, l'irritable Noguchi saisit fortement cette main sans se faire remarquer. Même un observateur à l'œil vif aurait pu ne voir là qu'un simple geste d'affection mais Noguchi dit à mi-voix :

— Cesse ces stupidités ! c'est indécent...

Après une lutte qui ne dura qu'un éclair, Noguchi arracha de ses doigts osseux des objets que Kazu tenait cachés dans la paume de sa main. C'étaient des silex à feu pour faire des étincelles porte-bonheur. Kazu savait que son mari détestait de pareilles coutumes mais elle s'était mis dans la tête de faire jaillir des étincelles devant les autres pour le départ de son mari. Noguchi avait supposé avec justesse qu'elle avait caché les pierres dans sa main.

Après être monté en voiture, Noguchi les passa en silence à Yamazaki. Ce dernier fut surpris mais devina immédiatement. Pendant toute cette journée si occupée, il fut ennuyé par ces pierres qui s'entrechoquaient dans sa poche.

Noguchi se rendit à la préfecture, se fit inscrire comme candidat; on lui remit une écharpe portant son nom. De là il partit pour la sortie dite de Yaesu à la gare de Tôkyô, où se trouvait un emplacement pour faire des discours. Les rayons d'un soleil d'été à neuf heures du matin faisaient ressortir l'éclat des chemises blanches de la foule rassemblée sur la vaste place. De nombreux hommes tenaient leur éventail au-dessus de leur tête pour se garantir du soleil. Noguchi descendit de voiture et fut accueilli avec déférence par les chefs des syndicats ouvriers et des groupements de fidèles qui l'attendaient groupés près d'un camion. Noguchi grimpa à l'arrière du camion et d'une voix totalement dépourvue de charme il salua la foule.

— Je suis Noguchi Yûken, candidat du parti réformateur au poste de préfet de la capitale.

Puis, d'un ton monotone il énuméra la politique empreinte d'idéalisme qu'il comptait suivre; au milieu de son discours une panne se produisit brusquement

177

dans le microphone. Noguchi ne s'en apercevant pas continua son discours mais à ce moment le candidat adverse, Tobita Gen, commença le sien dans un autre coin de la place. Son micro qui fonctionnait parfaitement faisait retentir sa voix claironnante qui assourdissait même les auditeurs se trouvant au premier rang près de Noguchi, vilipendant ce dernier et le parti réformateur. Il n'était pas probable qu'on pût réparer immédiatement la panne de sorte qu'il fut décidé qu'on retournerait au quartier général avant de repartir pour le quartier de Kôtô. C'était, au départ, un faux pas. Les plus jeunes partisans de Noguchi étaient déçus par son premier discours. Yamazaki entendit au quartier général des voix qui disaient :

— Le vieux ne pourrait-il pas animer un peu son discours ?

— Supprimer immédiatement les courses hippiques et cyclistes, c'est bien, mais il ne fallait pas commencer par entonner cet air-là.

En revanche les discours de Kazu étaient l'incarnation même de la véhémence et partout les auditeurs la couvraient d'applaudissements, en partie par amusement. A la fin elle parla durant trente minutes sur la place devant la gare de Shibuya sous les rayons d'un soleil ardent de l'après-midi. Un baquet rempli de morceau de glace était posé à ses pieds et elle essuyait son visage avec un mouchoir dans lequel de la glace était enveloppée. Elle parlait d'une voix forte, la bouche trop près du micro ce qui empêchait de bien saisir ses paroles mais elle amusait ses auditeurs par son ton passionné digne d'un crieur de vente aux enchères. Elle mit en avant l'histoire de la pétition à l'Empereur dans l'argumentation que voici :

— Je parle comme femme de Noguchi Yûken. Eh bien, quoique je sois la femme de Noguchi Yûken, il ne m'avait jamais parlé de cette affaire ce qui montre qu'il n'est pas homme à se vanter de ses mérites. Lorsque j'ai été au courant, j'ai été étonnée. Je vous demande pardon de m'étendre sur ce point, mais si nous vivons actuellement des jours de paix, c'est en partie grâce à Noguchi. C'est pour cela que j'ai été étonnée. Noguchi n'a cessé de prier pour la paix.

Un jeune gars de la rue lui lança une gouaillerie :
— C'est parce que vous l'aimez, hein ?
Kazu lui répondit du tac au tac :
— Eh bien, oui je l'aime et laissez-moi l'aimer. Mais si vous votez pour lui, je vous garantis, moi, sa femme, que vous ne le regretterez pas.

Elle fut applaudie. Elle continua de parler sans qu'on pût savoir quand elle s'arrêterait. Elle déroulait son argumentation, sans se soucier des signes que lui faisaient les organisateurs. Un jeune homme parmi eux, excédé, enleva le micro à Kazu. Les fards avaient été effacés sur son visage par les fréquents essuyages avec de la glace ; la blancheur de sa peau saine de femme née dans le nord du Japon apparaissait. A ce moment son visage s'empourpra et elle apparut à la foule avec une expression de violente colère à laquelle seuls les servantes de l'Ermitage et Yamazaki étaient habitués. Elle trépigna avec fureur sur le plancher du camion et s'écria :

— A quoi sert de m'enlever le micro ? Voulez-vous tuer Noguchi ?

Le jeune homme, effrayé, rendit le micro. Kazu parla encore plus de dix minutes.

Cet instant de rage fut pour la foule un spectacle de premier ordre. Lorsque le visage de Kazu, empourpré par le soleil couchant, brillant des gouttes de glace fondue, apparut aux yeux de la plupart des spectateurs comme transfiguré, la foule garda le silence un instant. Elle s'imaginait avoir vu son corps tout nu.

Toutefois, les longs discours de Kazu se terminèrent avec cette première journée. Le quartier général ennuyé fit savoir à Kazu par l'intermédiaire de Yamazaki que dorénavant ses discours ne devraient pas dépasser une demi-page et se limiteraient à une durée d'une minute. Elle devait s'abstenir de ses effusions de sentiments personnels. Leur donner libre cours risquait d'emporter la réforme de la préfecture et la démocratie avec elle.

Kusakari, le président du comité, Kimura, le secrétaire général, Kurozawa, le chef du bureau, se déplaçaient dans tous les quartiers pour y faire des discours, suivant un programme établi par le quartier général, c'est-à-dire par Yamazaki. Chaque jour, Noguchi passait toute la matinée aux endroits utiles, l'après-midi à des points choisis, la soirée à des réunions ou des dîners, faisant discours après discours. Il s'adressait même aux débardeurs des quais et aux pêcheurs.

Dans tous ses déplacements le camion de Noguchi était suivi par une voiture-espion de l'ennemi. D'un autre côté, une voiture-espion du parti réformateur s'attachait au camion de Tobita Gen.

Kazu, fidèle à sa manière, était toute la journée dehors, emportant un baquet plein de morceaux de glace, et se faisait conduire aux endroits où son mari n'était pas.

Le matin du troisième jour, Kazu se trouvait sur la pente de la Kagurazaka. Après les discours d'orateurs du parti, elle s'avança pour faire son discours d'une minute. A ce moment, elle fut frappée de terreur par le visage d'un homme d'âge moyen qui se trouvait au milieu de trente ou quarante autres personnes.

Le soleil d'été dardait sur le chemin en pente raide. Parmi les visages tournés vers les orateurs du camion arrêté sur la route, il y en avait peu qui paraissaient appartenir à des employés ou des ouvriers ; c'étaient ceux de vieillards, de femmes rentrant après avoir fait leurs achats, d'enfants, de collégiens. Le camion s'était arrêté à un endroit ombragé mais la foule débordait dans la partie ensoleillée de la route et se couvrait la tête avec des mouchoirs. Partout le parti réformateur avait un auditoire de gens à l'âme simple. L'éclat de leurs chemises d'été d'une blancheur pure renforçait cette impression. On voyait des sourires découvrant des rangées de dents blanches au-dessous des chapeaux de paille, des joues luisantes de collégiennes que le fard n'avait pas touchées, tous avaient des bras et des cous brûlés par les travaux d'extérieur ; beaucoup s'étaient poussés sous le camion. Kazu aimait de tels auditeurs.

L'homme d'âge moyen qu'elle avait aperçu dans la foule portait une chemise ouverte crasseuse. Deux agrafes de stylos brillaient à sa poche de poitrine, il soutenait des deux mains sur sa poitrine une vieille serviette de cuir tout en tenant une cigarette entre ses doigts. Sans chapeau, sa tête grisonnante aux trois quarts rasée était exposée au soleil dont l'ardeur faisait grimacer son visage. Kazu ne l'avait pas reconnu au premier coup d'œil. Ses traits étaient mieux que ceux de la moyenne des hommes mais, vieillis, émaciés, ils lui donnaient le visage désagréable d'un bel homme décrépit.

— Je suis la femme de Noguchi Yûken, commença Kazu comme d'habitude.

Elle sentit que l'homme levait les yeux vers elle en ricanant. Elle termina son discours d'une minute; les étudiants venus en renfort remercièrent les auditeurs pour leur bienveillante attention. La foule commença à se disperser et le camion se prépara à partir vers le rendez-vous suivant. A ce moment Kazu aperçut l'homme qui s'était avancé et tapait de la main sur le bas du côté du camion. Il l'appelait :

— Madame! Madame! avec un sourire qui découvrit ses dents teintes de nicotine.

Kazu descendit immédiatement du camion et s'approcha de l'homme. Sous la serviette qu'elle avait glissée dans son kimono sur sa poitrine pour absorber la transpiration, son cœur battait étrangement. Elle lui adressa la parole en élevant exprès la voix :

— Eh bien, il y a longtemps que nous nous sommes vus. C'est un hasard vraiment imprévu. Il est extraordinaire de se retrouver ici.

Elle se rappela qu'il s'appelait Totsuka mais elle se garda de prononcer son nom. Pour ne pas montrer son trouble, elle plissa les yeux comme si la lumière l'éblouissait d'une manière insupportable. Elle aperçut le train qui passait sur la voie aérienne de Sakashita, les quelques nuages qui se trouvaient dans le ciel fondus par le soleil en masses indécises.

— Que désirez-vous ? demanda Kazu à mi-voix.

— Je voudrais vous parler un instant, répondit l'homme.

Kazu s'adressa d'une voix claire aux hommes restés sur le camion.

— J'ai rencontré une vieille connaissance. Je vais lui parler, alors prenez un instant de repos.

Elle traversa la rue en faisant signe à Totsuka de la suivre et entra chez un marchand de glace. L'entrée, fermée par des stores de perles bleues et blanches, était lumineuse, mais l'intérieur garni d'une rangée de vieilles chaises était extrêmement sombre.

— Portez vingt portions de glace aux haricots rouges aux hommes qui sont dans le camion là-bas. C'est pressé !

— Vous en apporterez ici pour deux. Servez d'abord le camion, rapidement, dès que cela sera prêt. Ici, vous nous servirez ensuite.

Tous deux s'assirent à une table sombre, sous un calendrier. La table était mouillée par la glace qu'avait répandue le client précédent. Kazu s'imagina, bien que ce fût peu vraisemblable, que le calendrier au-dessus de sa tête était un de ceux dans lequel était insérée la photo de Noguchi; elle leva la tête mais ne vit que l'image en couleurs d'une actrice de cinéma en costume de bain jaune et une bouée de natation ornée d'un motif de poussière d'eau.

— Qu'est-ce que vous voulez? répéta Kazu impatiente d'être débarrassée de son malaise.

— Ah! ne soyez pas si pressée! Vous menez rondement votre affaire, par ce soleil torride. Vos discours sont bien ceux qui conviennent. J'ai toujours dit que vous feriez de grandes choses.

— Si vous voulez quelque chose, dites-le vite. De l'argent? lança rudement Kazu à cet homme qu'elle n'avait pas vu depuis trente ans.

Ses yeux, brillants d'impatience, ne perdaient pas un mouvement de Totsuka. Dans l'arrière-boutique on entendait le grincement incessant de la glace que l'on râpait.

— Pas accueillante, hein? Voilà, depuis quelque temps j'ai écrit un peu...

Totsuka glissa ses doigts allongés sur la vieille serviette puis, après beaucoup de tâtonnements, finit par l'ouvrir. Elle était pleine de papiers froissés. Totsuka fouilla l'intérieur pendant un temps interminable. Les rayons du soleil tombant sur le carrelage de l'entrée venaient frapper, en se réfléchissant, les cils exceptionnellement longs de Totsuka qui avait la tête baissée. Kazu se rappelait qu'au temps de sa jeunesse Totsuka était fier de ses longs cils. Aujourd'hui, ils étaient couleur de cendre mais toujours couchés sur ses yeux entourés de rides, leur donnant une expression lyrique.

— Ah ! le voilà... dit Totsuka en posant sur la table, d'un air détaché, une mince plaquette qui portait le titre : *La vie de Madame Noguchi Yûken, par un pêcheur badin.*

En tournant les pages, la main de Kazu tremblait comme une feuille. Chaque chapitre portait un titre sensationnel. Les parties décrivant la jeunesse de Kazu qui plusieurs années après son arrivée à Tôkyô avait habité avec Totsuka (dont le nom était cité) présentaient ce dernier comme un amant aux sentiments purs et Kazu comme une femme extrêmement débauchée. On y lisait : « Lorsqu'elle avait à choisir entre deux routes : l'amour ou l'ambition, elle avait pour règle de rejeter l'amour pour satisfaire son ambition. » On décrivait ensuite le cours de sa vie et la succession des chambres à coucher qui avaient été les siennes. Elle était représentée comme une femme qui monnayait son amour et qui s'était servie de nombreux hommes comme tremplins pour arriver à sa situation présente. Feuilletant rapidement le dernier chapitre, Kazu comprit le but de la plaquette. Noguchi était un homme d'un naturel angélique. Kazu était une rusée qui avait abusé Noguchi pour occuper la place de la femme du préfet de la capitale.

— Comment avez-vous osé écrire de pareils mensonges ? murmura Kazu l'œil sec.

— Bah ! Il n'y a que vous et moi pour savoir si ce sont des mensonges.

Les paroles de Totsuka qui souriait en montrant ses dents tachées rappelaient tellement les maîtres chanteurs des vieux mélodrames qu'on avait l'impression qu'il ne fallait pas le prendre trop au sérieux. Kazu, rassurée, se sentit assez impassible pour regarder l'homme en face. Ne pouvant supporter ce regard fixe, Totsuka baissa ses longs cils. Kazu pensa : « Il a peur, lui aussi. »

On apporta les glaces.

— Servez-vous, dit Kazu avec hauteur.

Totsuka, protégeant de la main la glace amoncelée, la tassa et retassa avec la cuiller puis il pencha la tête au-dessus du verre pour manger sans répandre de glace. Ses doigts allongés montraient le noir de ses ongles.

— Combien demandez-vous ? demanda Kazu d'un ton tranchant.

Totsuka releva la tête qu'il tenait penchée sur sa glace ; ses yeux avaient l'innocence de ceux d'un jeune chien. Puis il prit un bout de papier et se livra à des calculs laborieux.

— Il y en a trois mille, à trois cents yen chacun cela fait neuf cent mille yen. En arrondissant un peu, je désire un million.

— Bon. Venez me voir demain matin à dix heures. S'il en manque un sur les trois mille, vous n'aurez pas l'argent. Si vous apportez les trois mille exemplaires, ils seront payés comptant.

Le lendemain matin Kazu retira de la banque l'argent nécessaire et attendit Totsuka. Comme il était convenu elle lui remit la somme en échange des trois mille exemplaires. En attendant de les brûler quand elle serait plus calme, elle en fit un paquet qu'elle jeta dans une chambre de débarras. Prétextant une indisposition, elle s'excusa de ne pas faire de discours de la matinée. Elle ne dit rien de ce qui était arrivé, pas même à Yamazaki.

Quelques jours plus tard, en dépit de la promesse faite, le pamphlet injurieux était distribué gratuitement partout aux personnes connues de la capitale. On estima que plusieurs centaines de milliers d'exemplaires avaient été imprimés. « Le bombardement sans discrimination a enfin commencé », dit Yamazaki. Lorsqu'il montra la brochure à Kazu, il comprit en la voyant changer de couleur à la seule vue de la couverture, qu'elle la connaissait déjà. Kazu lui raconta franchement l'affaire.

— C'est une honte! Un million de yen, c'est important pour nous à l'heure actuelle. Pourquoi ne m'en avez-vous pas parlé? De toute manière, qu'il soit payé ou qu'il ne le soit pas, un coquin pareil est prêt à faire tout le mal qu'il pourra. C'est le parti conservateur qui est là-dedans.

Un instant, Kazu vit passer dans sa mémoire le visage de Nagayama Genki, mais elle ne dit rien. Yamazaki poursuivit :

— L'ennui, c'est que beaucoup de ces horribles pamphlets sont arrivés entre les mains des femmes des faubourgs. Le but est clair d'après la manière dont ils sont rédigés : ils veulent en appeler aux préjugés moraux de la petite bourgeoisie. Le vote des faubourgs me préoccupe un peu... Mais somme toute il n'y a pas de quoi désespérer.

L'attitude de Noguchi dans cette affaire du pamphlet injurieux fut vraiment admirable. Il le lut, naturellement, mais n'y fit absolument aucune allusion. Kazu, profondément blessée et sur le point de sombrer, considérait le mutisme viril de son mari comme une bouée flottant en silence sur une mer noire.

Yamazaki était trop occupé pour s'entretenir avec Noguchi ou avec Kazu et Noguchi, tel un acteur qui oublie les leçons de son professeur et déraille quand il est en scène, était porté à oublier dans l'excitation de la campagne les enseignements que lui avait longtemps prodigués Yamazaki. Bien que celui-ci lui eût dit : « Ne vous mettez jamais en colère contre les interrupteurs », Noguchi perdait souvent son sang-froid. Un jour où il parlait à Kichijoji, un groupe d'une vingtaine de perturbateurs se glissa dans la foule. Après des interruptions répétées et ennuyeuses, Noguchi changea de couleur : « Vous êtes probablement trop jeunes pour comprendre », lança-t-il; des voix rageuses répondirent : « Va donc, eh! vieux! » Ses proches partisans étaient effrayés par les lapsus regrettables qui échappaient au candidat du parti réformateur dans le feu de ses discours sans qu'il s'en aperçût. Par

exemple, Noguchi parla trois fois clairement de la
« présente Constitution impériale ». Il était curieux de
constater que ces lapsus échappaient généralement à
l'attention des auditeurs et que ces discours d'une
aridité inexprimable étaient accueillis avec faveur
parmi les personnes d'âge, scrupuleuses. Yamazaki
apprenant cela comprit que la créance accordée aux
mauvais discours, qui est une caractéristique japonaise, n'était nullement éteinte.

De nouveaux incidents de toutes sortes, importants
et minimes, éclataient à la cadence d'un par minute
dans toute l'étendue de la zone d'élections. Yamazaki
s'enrouait à donner des instructions au téléphone à
l'occasion de chacun d'eux.

— Il y a dans le secteur A de Suginami des indices
d'achat des votes. Il semble que beaucoup d'argent
coule à cet effet.

— L'équipe de surveillance doit recueillir les preuves et faire connaître les faits à la police.

— Dans l'arrondissement de Bunkyô, les affiches de
Noguchi ont été arrachées et des affiches de Tobita ont
été collées par-dessus.

— Bon. Collez-en d'autres dessus. Je vous envoie
immédiatement les affiches nécessaires.

— Dans le secteur de Santama, depuis la rue A
jusqu'à la rue B, des affiches injurieuses ont été collées
la nuit dernière. Il y en a environ trois mille ; ce sont
des caricatures montrant un démon hideux et une
grosse femme ; elles semblent viser Mme Noguchi.

— Faites connaître immédiatement le fait à la police.

Yamazaki n'avait aucune confiance dans la police instituée par le parti conservateur mais les groupes de jeunes gens du parti réformateur ne s'étaient jamais autant amusés que dans leurs visites quotidiennes à la police. Celle-ci était obligée de remercier ceux qui lui faisaient connaître les infractions aux règlements ; à cette époque, on pouvait se demander si le parti réformateur n'était pas devenu le meilleur indicateur de la police.

Il était passé dans les habitudes quotidiennes de Noguchi pour soigner sa gorge qui s'éraillait un peu plus chaque jour, de se gargariser consciencieusement avec de l'eau boriquée le matin avant de sortir et le soir avant de se coucher.

Le soir, il prenait son bain, puis se faisait masser. Dès que le masseur était parti, il se reposait. Il s'asseyait sur son lit, couvrait la veste de son pyjama avec une serviette, et Kazu lui tendait une cuvette de cuivre pour recevoir l'eau de son gargarisme. Ce rite mélancolique ne ressemblait pas à leurs occupations agitées du jour mais lorsque Kazu lui présentait la cuvette de cuivre, elle éprouvait l'impression heureuse d'en avoir fini avec cette journée.

Elle détestait les moustiquaires de style occidental qui collent au lit et elle avait tendu une moustiquaire de chanvre blanc qui tenait toute la chambre mais l'air ne passait pas sous ses bords, aussi laissait-elle ouvertes les fenêtres coulissantes donnant sur le jardin. La lumière de la lampe de chevet passait à travers la moustiquaire immobile et soulignait les plis raides du chanvre blanc, donnant l'impression de se trouver dans un sévère sanctuaire blanc. Kazu, en vêtement de nuit, agenouillée sur les nattes tendait très haut la cuvette.

Dans l'intervalle des bruits du long gargarisme de Noguchi, Kazu entendait le chant des cigales posées sur les branches des arbres du jardin. En éclatant, leurs cris perçants faisaient penser à des aiguilles qui auraient cousu l'air nocturne mais les notes finales étaient brusquement aspirées par le calme de la nuit. Le voisinage était vraiment tranquille. On entendait parfois au loin une auto qui s'arrêtait, des voix d'hommes ivres mais, dès que la voiture avait démarré, tout était fini.

Kazu se plaisait dans son attitude. Son corps n'était pas moins fatigué que celui de son mari mais elle oubliait sa fatigue en pensant que sa position était celle d'une prêtresse officiant dans un temple. C'était l'attitude d'un service public et d'un sacrifice de soi, et Kazu ne prenait pas garde aux éclaboussures que lui lançait Noguchi en se gargarisant.

Kazu aussi se sentait les épaules raides mais elle ne voulait pas se faire masser en présence de son mari. Ses cordes vocales étaient solides et ne s'enrouaient jamais quel que fût le nombre de ses discours.

Quand elle levait la tête, elle voyait Noguchi en pyjama tenant son verre dans la main droite, la main gauche enfoncée sous la couverture derrière lui, se gargarisant consciencieusement en penchant le tête en arrière. De temps à autre il inclinait la tête à droite et à gauche pour mieux faire circuler l'eau. Les rides noirâtres de son cou maigre apparaissaient à la lumière, le bruit de son gargouillement s'accroissait effroyablement avant de s'arrêter dans un effort pénible, puis il recommençait indéfiniment.

Kazu était ravie par le pathétique de ces moments. Tout en le regardant attentivement, elle avait l'impression qu'elle s'assimilait à l'énergie, forcée, absurde, de son mari. Le bruit qu'il faisait en se gargarisant, écumant, crépitant, bouillonnant, était pour elle la preuve que son époux était bien là, vivant devant ses yeux. S'il en était ainsi, elle aussi était vivante et dans cette vie il n'y avait pas place pour la monotonie ni pour l'inaction.

Noguchi étant enfin arrivé au bout de son troisième gargarisme s'approcha de la cuvette, la bouche pleine d'eau qu'il rejeta avec un bruit affreux. La cuvette de cuivre pesa davantage aux mains de Kazu. Noguchi respira longuement. Son visage était un peu rouge.

A ce moment, Noguchi qui n'avait rien dit pendant les cinq premiers jours de gargarisme tendit le verre à Kazu en lui disant :

— Si tu te gargarisais aussi ?

Kazu n'en croyait pas ses oreilles. Si elle ne prenait pas part à la campagne, la gorge ne devait pas lui faire mal, par conséquent il ne lui était pas nécessaire de se gargariser En l'engageant à se gargariser, il ne lui montrait pas simplement sa sympathie mais il reconnaissait implicitement son activité quotidienne.

A cette pensée, Kazu sentit soudain son cœur bondir de joie. Elle regarda fixement dans les yeux son mari au visage impassible et prit avec respect le verre qu'il lui tendait.

La première semaine, les journaux, la radio, la télévision, furent unanimes à parler avantageusement de Noguchi. Mais dès la deuxième semaine, les faubourgs commencèrent à s'écrouler. Or les faubourgs avaient toujours été la patrie du parti réformateur. Le pamphlet injurieux avait produit un grand effet mais, depuis le début, la tactique du parti réformateur avait été de ne pas s'inquiéter des faubourgs et de ne leur consacrer qu'un minimum d'efforts.

Dans sa nature indomptable, Kazu pensa qu'il n'était pas encore trop tard pour agir. Elle parcourut les rues résidentielles des faubourgs en arrêtant çà et là son camion. Ces rues habitées par des gens fortunés étaient mornes, leurs habitants étant partis pour fuir la chaleur ; elles ne constituaient pas des points forts pour le parti réformateur. Elle se tourna vers Setagaya, la ligne de Tôkyô à Yokohama et autres secteurs habités par des employés et des ouvriers.

Un jour, elle fit arrêter son camion à l'ombre d'épaisses frondaisons à l'entrée d'un petit parc. Dans ce parc se trouvait une piscine pour enfants. Il en venait un bruit incessant d'eau et de cris d'enfants. Une foule s'assembla immédiatement dans l'espace vide entre l'entrée du parc et le passage à niveau du chemin de fer, attendant le discours de Kazu. Elle remarqua dans la foule des jeunes gens qui n'étaient sûrement pas des faubourgs ou de la campagne, et qui, ayant l'air de garçons de courses, étaient arrêtés sur leurs bicyclettes, un pied posé à terre ; sur leurs visages on voyait des sourires moqueurs qui n'avaient rien d'ingénu. En outre, partout les auditeurs se parlaient entre eux et quand ils regardaient Kazu ils bavardaient à son sujet.

Quand elle jugea qu'elle devait commencer, Kazu, que ses pensées épuisaient, dit à l'organisateur qui se trouvait près d'elle :

— Que vais-je faire ? Tous racontent des histoires à mon sujet.

L'organisateur, d'âge moyen, savait que Kazu était hantée par le spectre du pamphlet injurieux, mais pour lui donner du courage il lui répondit d'un ton indifférent :

— Quoi donc ? C'est comme d'habitude. Allez-y carrément. D'abord regardez cette foule ! C'est un succès !

Kazu s'avança vers le micro et salua.

— Je suis la femme de Noguchi Yûken, le candidat du parti réformateur à la préfecture de la capitale.

Deux ou trois rires étouffés arrivèrent aux oreilles de Kazu. Serrant les poings elle parla comme en rêve. Elle dépassa la limite d'une minute mais cette fois l'organisateur ne dit rien. Toutefois, plus elle parlait plus ses paroles s'éparpillaient comme du sable sur les têtes des auditeurs.

Cette impression était née en partie des craintes de Kazu. Tout en mettant de la passion dans son discours, elle croyait voir dans un coin de son esprit l'image que la foule devait se faire d'elle ; c'était le portrait, tracé dans l'odieux pamphlet, d'une fille pauvre de la campagne qui avait vendu son corps pour s'élever dans le monde. Elle se figura qu'un homme d'âge moyen regardait avec attention vers le bas de son kimono et pensait :

— Hm... qu'a-t-elle à voir avec le socialisme ? Elle aura dû user de moyens éhontés pour séduire les hommes. On dit que même lorsque son corps brûle de passion, elle n'oublie pas un instant son ambition. Sûrement elle doit avoir un côté glacial. Où peut-il être ? Est-ce qu'elle n'aurait pas le derrière froid ?

Un groupe de deux ou trois collégiennes la regardaient comme elles auraient regardé un spectre.

Pendant qu'elle parlait, ses joues étaient brûlantes de honte. Elle croyait entendre çà et là des expressions telles que : chambre à coucher, affaires secrètes, amours, artificieuse experte, suggestive, débauchée... toutes ces gemmes pourries serties dans la brochure semblaient luire maintenant dans la bouche de ces auditeurs. Les phrases prononcées par Kazu telles que : réforme de l'administration préfectorale, mesures concrètes contre le chômage, tombaient sur le sol comme un essaim de fourmis ailées qui ont perdu la force de leurs ailes et les mots humiliants sortant des lèvres des gens ressemblaient à des gouttes rouges tombant d'une chair crue au soleil. De vieux promeneurs appuyés sur leur canne, des dames respectables, des jeunes filles en costume de bain aux épaules nues, des jeunes garçons de courses, mangeaient des morceaux de chair de Kazu et levaient sur elle des regards satisfaits et mornes.

Le camion était à l'ombre mais il faisait terriblement chaud. Kazu continuait à parler, sans s'essuyer le visage comme d'habitude avec son mouchoir rempli de glace, laissant une sueur froide inonder tout son corps. Elle s'imaginait que les yeux des auditeurs lui enlevaient ses vêtements l'un après l'autre et la laissaient nue. Ces yeux la mangeaient à la gorge, la mangeaient aux seins, arrivaient au ventre. Des ongles invisibles mouillés de sueur la dépouillaient tout entière.

Cette torture inexprimable amena l'esprit de Kazu, seule sur son camion, à une ivresse de martyre. Une cloche sonna au passage à niveau en face. Les barrières blanc et noir qui se dressaient dans le ciel éblouissant descendirent. Un train de banlieue composé d'un grand nombre de voitures traversa dans un roulement fracassant le passage à niveau. Aux fenêtres des visages apparurent, pleins de curiosité, et des yeux innombrables regardèrent avec attention.

Finalement, Kazu, semblable à une femme que l'on brûle sur un bûcher, leva les yeux vers le ciel bleu. Des cumulus épais s'enroulaient au-dessus des toits bas des faubourgs. Ces nuages resplendissaient de lumière et s'allongeaient vers le haut du ciel.

Son discours terminé, le camion emmena Kazu, sur le point de perdre les sens, vers le rendez-vous suivant.

A cette époque commencèrent les élections des conseillers municipaux. Le parti conservateur disposa ainsi d'un total de trois mille haut-parleurs qui, placés à tous les coins de rues, lancèrent des attaques contre Noguchi. Le parti réformateur qui ne présentait que quatre cents candidats ne disposait que de quatre cents haut-parleurs.

En même temps de grosses sommes d'argent commencèrent à couler dans les caisses du parti conservateur. Il coulait comme si l'on avait ouvert des écluses. D'un autre côté l'argent de Kazu commençait à s'épuiser. Le parti ne pouvait plus lever de fonds. Vers le 8 août on comprit que tout allait s'écrouler avec fracas. Il n'y avait plus un seul journal pour prédire la victoire de Noguchi.

Le 9 août, qui était la veille des élections, la pluie tombait comme pour un retour de la saison des pluies et la journée était triste. Tout le jour il plut sans interruption et l'atmosphère était chargée d'humidité. Comme mesure de la dernière heure, Yamazaki avait compulsé l'annuaire des téléphones par professions depuis la veille au soir et avait dressé une liste de cinquante mille noms.

Il décida d'envoyer au nom de Kusakari, le président du comité, le télégramme suivant : « Noguchi en danger, demandons votre appui. » Le matin du 9 il le porta au syndicat des travailleurs des télécommunications en le priant de refuser n'importe quelle autre demande d'envoi en bloc de télégrammes ; le président du syndicat consentit volontiers.

Mais le 9, après midi, le parti conservateur eut vent de ce projet et résolut d'envoyer des télégrammes s'opposant à ceux-là. Le Bureau central de la poste les refusa. Le groupe Tobita mit immédiatement le Ministre des postes en action. Celui-ci donna un ordre administratif et dans la soirée le parti conservateur envoya cent mille télégrammes, le double de ce qu'avait expédié le parti réformateur.

A 16 heures, Yamazaki, qui se tenait en permanence dans la maison de Noguchi, fut appelé au téléphone. La maison était pleine de journalistes, d'hommes de la radio, de la télévision. Yamazaki joua des coudes dans cette marée humaine pour atteindre le téléphone. La voix qui venait du quartier général était excitée.

— C'est terrible... Nous avons reçu des coups de téléphone de dix endroits : Fukagawa, Shibuya, Shinjuku, Ikebukuro, Suginami, Kichijoji. Des millions de tracts y sont jetés. Certains disent : « Noguchi Yûken dans un état grave », d'autres : « Noguchi Yûken mourant. » Des distributeurs d'éditions spéciales circulent en agitant leurs sonnettes et les distribuent gratuitement.

Yamazaki transmit aux reporters présents la nouvelle de ces incidents imprévus. Kazu qui avait écouté derrière eux poussa un cri et courut s'enfermer dans sa chambre. Yamazaki se précipita à sa suite.

Kazu était étendue en pleurs au milieu de la

chambre. La pièce assombrie par la pluie présentait un aspect d'une tristesse inexprimable.

Yamazaki la réconforta en lui tapotant le dos. Kazu se retourna brusquement et, avec une expression où se mêlaient les pleurs et la colère, elle prit les revers du veston de Yamazaki et le secoua.

— Emparez-vous des coupables. Emparez-vous-en tout de suite. Une pareille saleté ! Employer un moyen aussi ignoble au dernier moment ! Si cela nous fait échouer aux élections, je n'ai plus qu'à mourir. J'ai perdu tout ce que je possédais. Si cela cause notre échec, ils m'auront assassinée. Allez... Dépêchez-vous de les arrêter... Allez !

A force de répéter indéfiniment : « Allez ! », sa voix perdait peu à peu de sa force. Bientôt elle se coucha par terre et ne proféra plus une parole. Yamazaki la confia aux soins d'une servante entendue et, se frayant un chemin dans les couloirs tumultueux, retourna auprès du téléphone.

Vers neuf heures du soir, tout était redevenu calme. La télévision et la radio prirent des enregistrements et des films en prévision du lendemain. Ils notaient dès la veille les impressions du nouveau préfet et de sa femme pour le cas où Noguchi serait élu.

Ces enregistrements qui avaient l'air d'un étrange jeu d'enfants avaient une irréalité qui jetait un froid. Noguchi répondait avec indifférence aux questions posées. Il exposa d'un ton consciencieux et morne ses ambitions pour l'administration préfectorale. On n'avait jamais entendu de déclarations aussi insipides et aussi arides.

— Et la femme du préfet? demanda l'annonceur.

Comme si elle avait choisi ce moment, Kazu entra justement dans le salon. Elle avait revêtu un magnifique kimono de cérémonie, mis une mince couche de poudre; elle était souriante, maîtresse de soi, en un mot impeccable.

Après avoir reconduit tous les journalistes jusqu'à la porte, Kazu tint à Yamazaki, par-dessus son épaule, les propos suivants qui étaient les premières paroles de faiblesse entendues de sa bouche.

— Eh bien, monsieur Yamazaki, maintenant j'ai l'impression que nous sommes vaincus... Je ne sais pas si c'est bien de dire cela?

Yamazaki se tourna vers elle mais ne trouva rien à dire. Mais sans attendre sa réponse, le visage de Kazu apparut soudain dans le couloir sombre et chargé d'humidité de cette nuit pluvieuse comme s'il resplendissait d'une lumière intérieure et elle dit d'une voix qui semblait sortir à moitié d'un rêve :

— Cela ne fait rien. Cela ira bien, n'est-ce pas? Nous sommes sûrs de gagner.

15

Le jour de l'élection.

La pluie de la veille cessa et le 10 fut parfaitement clair, un jour idéal pour voter. Kazu se leva tôt et fit un arrangement de fleurs dans le bow-window du salon. Elle plaça dans un vase plat rempli d'une eau qui donnait une impression de fraîcheur cinq nénuphars de différentes grandeurs, les disposant suivant les règles d'une certaine école qu'elle avait apprises jadis. Cette seule besogne la fit transpirer.

La limpidité de l'eau tranquille sous son arrangement de fleurs plut à Kazu. Ces fleurs dures aux formes sculpturales flottaient à la surface de l'eau montrant leur couleur d'aurore tandis que l'envers des feuilles, d'un rouge violacé, formait au fond de l'eau des ombres admirables. Regardant avec attention son arrangement, Kazu eut l'impression de faire de la divination. Elle se demanda si la disposition de ces fleurs conforme aux règles d'école ne contiendrait pas un indice relatif à sa destinée.

Kazu avait jeté dans la campagne toute sa fortune et toute son énergie. Elle avait travaillé avec toute la force dont un être humain est capable, elle avait patiemment enduré toutes les humiliations et toutes les tribulations. Tout le monde savait qu'elle s'était bien battue. Jamais, depuis qu'elle était née, son âme passionnée ne s'était employée avec une telle persévérance, avec une telle efficacité. Sa conviction déraisonnable de pouvoir réaliser tout projet une fois qu'elle se l'était mis en tête n'avait jamais été plus que maintenant son seul soutien de chaque jour. Habituellement cette conviction flottait vaguement dans l'air mais au cours des derniers mois elle s'était solidement plantée sur terre et elle était devenue indispensable à sa vie.

Kazu examina attentivement son arrangement de nénuphars. Elle s'imagina que l'eau symbolisait la foule des innombrables électeurs qui allaient se rendre dans les divers bureaux de vote. Les nénuphars fleuris représentaient Noguchi. L'eau engloutissait le reflet des fleurs. Des bulles naissaient sur chaque pointe des pique-fleurs et y restaient attachées. Elle pensa que cette eau n'existait que pour suivre la volonté des fleurs de nénuphar et pour refléter leur image.

A ce moment un oiseau passa devant le bow-window et une feuille morte s'envola d'une petite branche qui s'étendait devant la fenêtre; elle glissa dans l'air à la manière d'un traîneau et se posa sur le bassin de fleurs. L'eau n'en fut nullement agitée mais la feuille brune recroquevillée flotta à la surface. Elle avait un vilain aspect, ressemblant à un insecte enroulé sur lui-même.

Si Kazu ne s'était pas livrée à sa divination inconsidérée elle aurait enlevé cette feuille morte et n'y aurait plus pensé, mais sa vue la bouleversa tellement qu'elle regretta amèrement d'avoir commencé cette divination stupide.

Elle se laissa tomber dans un fauteuil et y demeura quelque temps, jouant avec un éventail. Un appareil de télévision était devant ses yeux. Sur son écran bleuâtre devraient bientôt apparaître les résultats des votes mais pour le moment il restait vide, recevant obliquement les rayons du soleil du matin.

Kazu prit son bain matinal après Noguchi, arrangea avec soin son visage, changea son vêtement pour un kimono de cérémonie commandé spécialement pour ce jour. Après les jours et les mois de campagne qui venaient de s'écouler et où elle avait montré son mépris des apparences, parfois en exagérant résolument, Kazu fut réconfortée en mettant ce vêtement « habillé ». C'était un kimono de gaze gris argent sur lequel était peinte une scène de pêche au cormoran ; les cormorans étaient d'un noir de laque ; les torches brûlaient avec des flammes écarlates. Sur l'obi au fond bleu pâle étaient brodés en fils d'argent une lune à son dernier quartier et des nuages minces. Il était retenu par un fermoir orné de diamants.

Kazu savait qu'une mise aussi recherchée allait mettre Noguchi de mauvaise humeur mais elle était décidée à s'habiller à sa convenance pour se rendre au bureau de vote. Quoi qu'il en soit, maintenant qu'elle en avait fini avec la sueur et la poussière dont elle avait été couverte pendant sa longue campagne, Kazu éprouvait le besoin, en ce jour où rien n'était encore décidé, de satisfaire une prodigalité conforme aux désirs de son esprit.

Lorsqu'elle passa dans le salon pour aider Noguchi à s'habiller, elle fut remplie de joie en l'apercevant debout au milieu de la pièce. Il était déjà habillé. Il avait choisi de lui-même, parmi les costumes que Kazu avait rangés après les avoir fait soigneusement presser, le nouveau veston qu'il avait porté pour aller poser sa candidature.

A son habitude, Noguchi ne lui adressa pas l'ombre d'un sourire. L'absence des moindres mots de remerciement pour son dévouement ou pour la manière dont elle s'était habillée l'affecta profondément. Dans l'auto qui les emmenait au bureau de vote, ils restèrent assis côte à côte dans le silence le plus complet. Kazu regardait par la portière la suite des boutiques exposées à la terrible chaleur du soleil matinal de la fin de l'été. Après avoir goûté une telle expérience, elle sentit qu'un échec lui serait égal.

Ce fut peut-être le moment où l'accord fut le plus parfait entre ces époux doués l'un et l'autre d'une si forte personnalité; lorsqu'elle suivit son mari dans l'école primaire qui servait de bureau de vote, inondée des éclairs des journalistes et des reporters, et jeta son bulletin dans l'urne, il ne restait plus trace d'un nuage dans son esprit.

Le dépouillement commença le lendemain. Les éditions du matin montraient une répartition remarquablement égale dans les pronostics. Un critique politique annonçait la victoire de Tobita, un autre celle de Noguchi ; un troisième, sans dire qui serait le vainqueur, déclara que l'arrivée ne serait jugée que par une photo de course montrant une tête de différence entre les deux hommes. Depuis le matin Kazu vivait dans l'enthousiasme. Le sentiment d'une victoire certaine bouillonnait dans sa poitrine. S'ils n'avaient pas la victoire, le monde s'écroulerait. Le dépouillement avait commencé à huit heures. Un premier bulletin parut à onze heures. Les deux époux étaient assis dans le salon devant la télévision. Les premières nouvelles furent celles de la région de Santama et des secteurs suburbains.

Incapable de maîtriser les battements de son cœur, Kazu murmura, comme si elle délirait :

— C'est Santama... C'est Santama.

L'image des lanternes, la nuit de la réunion des chants populaires, flotta devant ses yeux ; elle revit, au moment où les lanternes furent allumées, le noir des montagnes des alentours qui les enserraient. Elle entendit les applaudissements nourris sur les pentes ; elle revit les figures brûlées des fermières, leurs petits yeux pleins d'une légère curiosité, leurs sourires accueillants qui montraient leurs dents en or. Ses ongles s'enfoncèrent dans les bras du fauteuil. Ses nerfs tendus lui donnaient l'impression d'avoir des endroits de son corps qui brûlaient ou gelaient brusquement tour à tour. Finalement elle ne put se retenir de parler et dit :

— C'est un bon signe que Santama soit le premier, parce que là, nous serons sûrement vainqueurs...

Noguchi ne répondit rien.

Le premier bulletin d'information apparut sur l'écran et la voix de l'annonceur prononça ces résultats :

Noguchi : 257 802 voix ;
Tobita : 277 081 voix.

Le sang se retira du visage de Kazu mais sa volonté de ne pas désespérer lui fit comme un dur blindage qui enveloppait son cœur.

A deux heures de l'après-midi l'élection de Tobita Gen était assurée. Le nombre de ses voix dépassait un million six cent mille, avec près de deux cent mille voix d'avance. A Osaka aussi, le parti conservateur gagnait. L'annonceur déclara : le parti conservateur a réussi à maintenir sa suprématie dans les deux grandes villes.

Kazu se demanda comment elle pouvait garder son sang-froid devant ces résultats malhonnêtes. Tout cela était la victoire des machinations de l'ennemi et de son argent. A partir du moment où, peu de jours avant les élections, les ressources du parti réformateur avaient été épuisées, le parti conservateur avait fait couler l'argent à flots, comme s'il avait rompu une digue. L'argent était répandu avec frénésie dans les rues pour gagner les hommes abjects ou au dernier degré de la pauvreté. A ce moment l'argent luisait comme le soleil qui passe entre les nuages. Un soleil diabolique, de mauvais augure. En un clin d'œil il avait fait pousser en abondance des plantes qui étendaient leurs feuilles vénéneuses, il avait propagé partout dans la ville des lianes aux tentacules hideux qui montaient vers le ciel bleu d'été.

Kazu ne versa pas une larme lorsque son mari lui dit qu'ils allaient se rendre au quartier général du parti réformateur pour y adresser leurs salutations.

Ce jour-là Yamazaki Soichi ne put rencontrer les Noguchi; ils venaient de quitter le quartier général quand il y arriva.

Occupé par la liquidation du quartier général de la campagne, le sentiment d'abord lointain de la défaite le pénétra peu à peu. A la vérité, la défaite n'était pas inattendue; depuis la veille de l'élection au moins il l'avait clairement prévue. Mais il y a toujours une chance sur dix mille; dans les élections mouvantes qui caractérisent celles des grandes villes, il se produit parfois des changements de direction imprévus. Plusieurs fois, l'espoir d'un pareil revirement et la résignation du vétéran avaient lutté en lui mais maintenant un brouillard pénible et désolé voilait son esprit.

Yamazaki avait l'habitude, depuis le temps de sa jeunesse, des désillusions que subissait toujours le parti réformateur. A vrai dire il avait toujours parié pour le parti qui lui apportait une désillusion et il continuait de parier pour les idées de sa jeunesse. Véritable vétéran des luttes politiques où il se montrait un officier d'état-major à la volonté indomptable, il portait en lui une sorte de passion masochiste. La malhonnêteté des élections, le triomphe de la puissance de l'argent ne l'étonnaient nullement. Ils lui paraissaient aussi naturels que des cailloux ou des tas de crottin sur une route.

En fait il est correct de dire que la froideur de Yamazaki lui faisait aimer ce brasier que constitue une élection et dans lequel on jette aussi bien du bois de valeur que des papiers sales chiffonnés. Il aimait les violents remous causés par les conflits d'intérêts dans le monde qui gravitait autour de la politique. Il aimait ces forces imprévisibles qui portent les hommes bon gré mal gré aux passions d'une violence exagérée. Quelles que fussent les machinations cachées à l'arrière-plan il aimait cette fièvre particulière à la politique, la fièvre brûlante qui est le propre d'une élection. Il enrichissait ainsi le magasin désert de son esprit, il en comblait les vides avec les sentiments agités des nombreuses personnes de son bord et finalement il se plaisait à constater que leurs sentiments avaient la même teinte que les siens.

A dire vrai, il y avait quelque chose d'artificiel dans les mouvements du cœur de Yamazaki lorsque, l'échec étant certain, il se sentait enveloppé d'une brume épaisse. Ce dilettante de la désillusion aimait assez vivre dans l'atmosphère et les scènes tragiques de la défaite.

Dans le taxi qui l'emmenait dans la soirée à la maison de Noguchi, Yamazaki réfléchissait au rôle d'ami compatissant qu'il devait jouer. C'était pour lui la seule affaire qui restait inachevée. Il ne pouvait l'éluder.

Dès qu'il eut franchi le portail, Yamazaki perçut

nettement l'animation qui règne dans une maison frappée par le malheur. Une file d'autos de journalistes étaient parquées à l'extérieur. Une foule entrait et sortait ; les sentiments intimes dont les gens montraient les signes faisaient penser à l'expression de visiteurs venus pour présenter leurs condoléances. Dès qu'ils auraient fait cent mètres après être sortis il est probable qu'ils sentiraient leurs épaules soulagées d'un poids et qu'ils se mettraient à rire comme s'ils ressuscitaient.

La foule encombrait la maison jusque dans les couloirs. Yamazaki jeta un coup d'œil dans le salon. Il aperçut Noguchi assis sur une chaise au fond de la pièce, entouré par de nombreux journalistes, il lui adressa un simple salut en s'inclinant. L'écho de sanglots étouffés lui arriva du couloir, se faisant peu à peu plus bruyants. Au milieu de déléguées d'associations féminines qui s'avançaient, le visage baissé, et lui tenaient les épaules embrassées, Kazu pleurait.

Lorsque quelqu'un l'appelait elle se hâtait d'essuyer ses pleurs et entrait dans le salon mais aussitôt qu'elle était revenue ses larmes coulaient de nouveau. Puis on l'appelait encore. La poudre de son poudrier ne suffisait plus à arranger son visage. Yamazaki lui posa un bras sur les épaules et l'entraîna vers le cabinet de travail de Noguchi. « Retirez-vous ici un instant, madame », lui dit-il. Kazu s'affaissa sur le tapis. S'appuyant d'une main sur le sol elle passa doucement l'autre sur sa gorge. Elle leva les yeux vers Yamazaki sans bouger la tête. Les larmes coulèrent de ses yeux

209

grands ouverts dans un visage sans expression, comme l'eau qui s'échappe par la fêlure d'un vase brisé.

A dix heures passées, les derniers reporters partirent, laissant la maison retourner à son calme désolé. En présence de cette tristesse, Yamazaki comprit pour la première fois qu'elle était ce que les Noguchi et lui-même avaient abhorré et craint.

L'odeur de l'encens antimoustiques ajoutait à l'impression de cette veillée. Seuls les intimes entouraient Noguchi, avares de paroles et buvant de la bière en mangeant quelques bagatelles. Sans attirer l'attention, ils se retiraient les uns après les autres. Au moment où, resté le dernier, Yamazaki se disposait à partir, on le retint. Il était plus de vingt et une heures.

Les Noguchi conduisirent Yamazaki dans la chambre de huit nattes qui servait à Kazu. Ne paraissant s'adresser ni à Kazu ni à Yamazaki, Noguchi dit :

— Merci pour toute la peine que vous avez prise. Ça... Je vais me changer et mettre des vêtements japonais.

Il allait frapper dans ses mains suivant son habitude, pour appeler une servante, mais Kazu le retint ; elle sortit du coffre à habits un kimono préparé et l'aida à se changer.

Noguchi reçut sa ceinture des mains de sa femme et dit :

— L'épreuve a été grande pour toi. Il faut en prendre à ton aise maintenant.

Pendant qu'il leur tournait le dos, Noguchi pleurait. C'étaient les premières larmes que Yamazaki lui voyait verser. Posant les deux mains à terre, Yamazaki fit un profond salut.

— Je ne peux vous présenter assez d'excuses pour n'avoir pas réussi.

Quand elle vit les larmes de Noguchi, Kazu fut incapable de retenir plus longtemps ses sanglots et s'étendit par terre en pleurant.

Yamazaki ne comprenait pas clairement dans quelle intention les Noguchi l'avaient retenu exprès pour assister à cette scène. Il pensait qu'il n'était pas nécessaire aux époux d'avoir le témoignage d'un étranger pour s'exprimer mutuellement leurs sentiments intimes. L'explication la plus simple était probablement que les Noguchi le considéraient comme le plus intime de leurs amis. Il était probable également que toute occasion étant perdue de montrer publiquement la confiance qu'ils avaient en lui et leur gratitude pour la peine qu'il avait prise, il ne leur restait pour la lui témoigner que cette occasion d'un caractère tout à fait privé. Ou peut-être encore, la confiance et les espoirs qu'ils mettaient en lui s'équilibraient si parfaitement dans la balance que sans en dire un mot tous deux comptaient sur lui pour les sauver de la terrible solitude devant laquelle ils se trouvaient.

Noguchi, maintenant à l'aise dans son vêtement japonais, s'adressa à sa femme sur le ton véritablement typique d'un acteur de théâtre oriental. Pourtant il n'y avait personne qui fût plus loin de jouer un rôle théâtral que Noguchi. Cela était particulièrement vrai dans sa vie publique. Toutefois, lorsqu'il lui fallait exprimer des sentiments intimes, d'ordre domestique, une émotion héroïque emmagasinée de longue date dans son cœur apparaissait sur son visage. On aurait pu croire que c'était là son esprit foncier, le pur écho de sa nature nue, mais en réalité il restait prisonnier de l'esprit de la vieille poésie chinoise. Les paroles qu'il allait prononcer rappelèrent à Yamazaki assis près de lui des vers du « Retour à la maison » de T'ao Yuan Ming et à ceux-ci des « Quarante-cinq » de Po Kiu-yi[1] :

Peut-être me déciderai-je à me construire
Au printemps prochain une hutte d'herbes au pied du mont Lou.

En fait les paroles de Noguchi furent plus prosaïques. Il dit d'un ton ferme quoique bégayant en regardant les joues de Kazu :

— Maintenant, je ne ferai plus de politique. Je ne ferai jamais plus de politique de ma vie. J'avais toute sorte d'idéaux, mais ils ne valaient qu'en cas de victoire. Je t'ai causé beaucoup de tribulations, à toi aussi. Vraiment beaucoup de tribulations, mais dorénavant nous irons dans un coin isolé du monde et nous vivrons modestement sur ma pension, comme un vieux et une vieille.

Kazu, toujours affaissée sur le tapis baissa la tête en signe d'assentiment et répondit simplement :

1. T'ao Yuan Ming, 365-427. Po Kiu-yi, 772-846.

— Bien.

Yamazaki sentait quelque chose d'étrange dans l'immobilité figée de Kazu. Dans ses émotions violentes il y avait toujours une teinte de mauvais augure. Sa vitalité ne savait se limiter à un objectif ; son affliction pouvait se muer comme par l'effet d'un ressort et une joie imprévue qui, à son tour, pouvait devenir un présage de désespoir. Kazu, accroupie sur le sol, débordait sûrement d'affliction ainsi que le montrait le nœud de son obi brodé de campanules qui était secoué par les sanglots. Yamazaki devinait, à la voir, que tout en ayant docilement fait un signe d'assentiment, Kazu réprimait en elle une sombre violence.

Lorsque Yamazaki se disposa à partir, Noguchi le remercia poliment mais s'excusa de ne pas le reconduire jusqu'à la porte à cause de sa fatigue. Kazu s'essuya les yeux et l'accompagna.

Ils tournèrent dans le couloir et arrivèrent à l'entrée de la maison. Kazu retint Yamazaki par la manche. Sous la faible lumière du couloir, les yeux de Kazu qui, jusque-là, étaient inondés de larmes brillèrent pleins de vivacité. Ayant essuyé tant de fois ses larmes sans prendre garde à ne pas détruire l'ordonnance de ses fards, les traces brillantes qui descendaient de ses yeux et de son nez, se mêlant aux coulées de sa poudre, faisaient de son visage un étrange tableau d'ombre et de lumière. Son expression n'avait pas changé mais la blancheur de ses dents qu'on voyait luire dans sa bouche entrouverte et l'éclat de ses yeux faisaient penser à un chat qui guette sa proie. D'une voix très basse, mais au ton dominateur, elle dit :

— Sales chiens ! C'est à cause de l'argent du Premier ministre Saeki et de Nagayama Genki, de leur démagogie, que nous avons été battus ! Et, à notre place, cet ignoble Tobita ! J'ai envie de le tuer ! Je voudrais les tuer tous ! Dites-moi, monsieur Yamazaki, n'y a-t-il pas un moyen de faire tomber ce Tobita ? N'existe-t-il pas de charges sérieuses contre lui ? Il doit y avoir des montagnes d'infractions à la loi ? N'y a-t-il pas un moyen d'en finir avec lui ? Je suis sûre que vous pouvez vous en charger ! C'est votre devoir !

16

Orchidées, oranges, chambre à coucher.

Comme tous les hommes qui parlent peu, Noguchi attachait une grande importance aux choses qu'il avait dites. Ceci ne s'appliquait pas seulement aux promesses qu'il avait faites mais il ne doutait pas que les ordres qu'il avait donnés aux autres seraient obéis. Quand il avait exprimé le désir qu'une chose fût ainsi, il allait de soi qu'elle devait l'être. Aussi, ayant dit le soir de la défaite que désormais ils vivraient « comme un vieux et une vieille » uniquement sur sa maigre retraite, Noguchi pensa que Kazu ne pourrait avoir d'autre intention.

Kazu avait certainement dit : Bien ! à ce moment-là, mais dès le lendemain lorsqu'elle fut occupée par la liquidation des affaires laissées en souffrance après la défaite, par des tournées de visites de remerciements, elle s'aperçut que ce mot renfermait un poids et une obscurité inexprimables. C'était là le consentement à entrer dans la même tombe, son espoir depuis le début. Mais c'était aussi le consentement à suivre ensemble le sentier moussu qui conduisait directement à cette tombe.

Toutes sortes de raisons vinrent encore distraire son esprit. Les élections des conseillers d'Etat commencèrent. On demanda à Noguchi et à Kazu de prononcer des discours en faveur de candidats. Le plaisir d'aider les autres les mettait dans des dispositions généreuses et brillantes. Les discours de Noguchi avaient de l'humour; ceux de Kazu étaient plus sages. Tous deux se montraient meilleurs orateurs que lorsqu'ils parlaient pour eux. Au dîner, le mari et la femme se faisaient gloire des réactions de leurs auditeurs de la journée, chose qui ne leur était jamais arrivée au cours de la campagne pour l'élection de Noguchi.

Ayant perdu matériellement et socialement tout ce qu'il avait à perdre, Noguchi pensait avoir découvert en revanche un pur bonheur tranquille. C'était une manière de penser extrêmement simple et poétique, naturelle à l'âge de Noguchi, mais qui ne l'était guère à l'âge de Kazu. En outre, Noguchi exagérait parfois cette attitude mentale. Un jour, revenant du quartier général du parti réformateur, il rapporta un pot de dendrobium qu'il avait acheté.

Kazu étant allée au-devant de lui à l'entrée s'écria :
— Comment! Vous rapportez vous-même ce pot! Si le fleuriste ne voulait pas le livrer, vous n'aviez qu'à téléphoner, j'aurais envoyé la servante le chercher.

Elle ne s'était pas donné la peine de s'assurer de quelle plante il s'agissait et son ton montrait plus de mécontentement que d'amabilité. Noguchi fut immédiatement de mauvaise humeur. Ce n'est qu'après avoir pris le pot des mains de son mari qu'elle fit attention à la fleur. C'était celle à propos de laquelle Noguchi lui avait donné des explications lorsqu'ils avaient autrefois déjeuné ensemble au Seiyôken.

Cependant cette découverte ennuya quelque peu Kazu. Lorsque pour aller voter, Noguchi avait revêtu le costume que Kazu lui avait fait faire, elle avait éprouvé une consolation qui l'avait profondément émue mais elle ne ressentit pas une seconde fois pareille émotion en voyant cette orchidée. Elle avait l'impression que la main flétrie du vieillard se livrait à une machination destinée à la gagner à ses idées, que son geste avait pour but de l'obliger à établir un lien entre l'orchidée étrangère tachée de rouge qui n'était plus dans son souvenir qu'une fleur séchée et décolorée, et la fleur fraîche qu'elle avait sous les yeux. Elle pensa que cette coquetterie d'un vieillard content de lui, reliant avec aisance des souvenirs du passé à l'avenir, mettant sur le même pied l'orchidée qui était flétrie dans sa mémoire et celle qui était là, tendait à l'emprisonner définitivement derrière une lugubre couronne tressée avec soin.

Elle était sur ses gardes mais pendant quelques heures, elle n'en eut pas l'air. Lorsqu'ils furent dans leur chambre, elle n'oublia pas de demander à Noguchi :

— Comment s'appelle cette fleur ? Vous m'avez appris son nom au Seiyôken.

Quand la quinte de toux qu'il avait habituellement

avant de s'endormir fut calmée, Noguchi se retourna sur son matelas d'été qu'il fit crier d'une manière exagérée ; tournant le dos à Kazu qui ne voyait que sa chevelure blanche il lui dit sur un ton ennuyé :

— Dendobrium !

Le mois de septembre arriva.

Kazu fixa à Yamazaki un rendez-vous en ville, le premier depuis les élections. Ils convinrent de se rencontrer à un magasin de fruits élégant, faisant salon de thé, le Sembikiya, dans Ginza.

Vêtue d'un kimono d'été en gaze de soie, Kazu se faufila seule à travers la foule qui encombrait Ginza. Des jeunes gens hâlés par le soleil et qui revenaient de lieux où ils avaient fui la chaleur se promenaient en groupes compacts. Kazu se rappela les sentiments d'une force inconnue jusque-là qu'elle avait éprouvés en contemplant les habitants de Ginza par la fenêtre d'un cinquième étage. Mais maintenant la foule était simplement la foule et n'avait plus aucune relation avec Kazu. En dépit de tous les discours qu'elle avait faits partout dans Tôkyô, personne ne la reconnaissait. Elle pensait : « Voilà les gens qui étaient partis chercher la fraîcheur pendant que nous suions sang et eau pour les élections ! »

Cependant elle ne pouvait se débarrasser du sentiment de la distance qui la séparait de la foule ni de celui de l'inutilité de tout ce qu'elle avait fait. Sous les rayons encore brûlants du soleil, des promeneurs élégants portaient leurs pas au gré de leur fantaisie. La foule manquait totalement de liens entre ceux qui la composait.

Kazu finit par arriver devant le magasin convenu. Elle admira dans la vitrine les feuilles lustrées des plantes d'ornement et les fruits rares des pays tropicaux. Elle aperçut une dame d'âge moyen en costume blanc et chapeau blanc qui la regardait. A son tour Kazu la regarda plusieurs fois. Elle se rappela ces sourcils finement dessinés. C'était Mme Tamaki.

Après s'être excusée de l'avoir laissée si longtemps sans nouvelles, celle-ci dit :

— Dans ces malheureuses circonstances, je vous ai causé beaucoup de soucis...

Kazu vit dans ces paroles un profond ressentiment. Toutes deux se trouvaient devant une étagère d'oranges Sunkist. Tout en parlant Mme Tamaki dépliait une à une les feuilles de papier garance qui enveloppaient les fruits et qui portaient de fines inscriptions en anglais, puis elle examinait la peau des oranges qu'elle voulait acheter.

— Êtes-vous allée quelque part cet été?

— Non, répondit Kazu sur un ton quelque peu indigné.

— Je ne suis revenue qu'avant-hier de Kamakura, mais il fait encore trop chaud à Tôkyô.

— A la vérité, cette chaleur n'en finit pas.

Ce n'est qu'à ce moment que Mme Tamaki comprit le sens de l'indignation des réponses de Kazu.

— Mais j'étais à Tôkyô au moment des élections. Naturellement j'ai voté pour M. Noguchi. J'ai regretté son échec. Je l'ai regretté comme si je l'avais subi moi-même.

— Je vous remercie de me le dire, riposta Kazu à ce mensonge évident.

Mme Tamaki choisit finalement trois oranges.

— Ces choses-là elles-mêmes sont devenues très chères maintenant. Et quand on pense qu'en Amérique on les jette comme sans valeur!

Par un retournement plein de bravoure de sa vanité, elle donna devant Kazu ordre à l'employée d'emballer juste trois oranges. Kazu regardait dans le magasin désert en se demandant ce qui retardait Yamazaki; elle ne voyait que les ventilateurs tourner sur de nombreuses tables vides.

— Mon mari aimait les oranges. De temps à autre j'en pose en offrande sur l'autel bouddhique de la famille. C'est pourquoi aujourd'hui... J'ai pensé à ceci : sans s'en douter, mon mari a joué le rôle d'une divinité pour vous unir, M. Noguchi et vous...

— Je veux, moi aussi, lui faire offrande d'oranges, dit Kazu.

— Oh! Je n'ai pas parlé dans cette intention!

Kazu ne comprit pas elle-même pourquoi elle allait se montrer si impolie mais obéissant à une impulsion subite, elle fit signe à l'employée avec l'éventail en santal blanc dont elle s'était servie jusque-là et lui commanda de préparer pour un cadeau une boîte de deux douzaines d'oranges. Mme Tamaki changea légèrement de couleur; tamponnant ses joues couvertes de transpiration avec un mouchoir de dentelle, elle jeta un long regard de côté sur le visage de Kazu.

L'employée rangea deux douzaines d'oranges dans une grande boîte qu'elle enveloppa dans un joli papier sur lequel elle noua un ruban rose. Pendant ce temps les deux femmes se taisaient. Kazu agitait doucement son éventail, respirant le lourd parfum des fruits qui dominait l'odeur de son éventail de santal blanc. Elle goûtait le réconfort de ce silence. Elle détestait cordialement la femme qui était devant elle. C'était une haine foncière. Le plaisir de ce silence était un apaisement à ses peines qu'elle n'avait pas trouvé dans ces derniers temps.

Mme Tamaki avait l'air d'un agent secret mis au pied du mur. Kazu comprenait clairement le calcul auquel Mme Tamaki se livrait et cela ajoutait à son plaisir. Mme Tamaki se disait que si, au moment où la boîte destinée à un cadeau serait prête, Kazu avait l'intention de l'envoyer à quelqu'un d'autre, elle serait humiliée de s'être inquiétée outre mesure, mais si, en revanche, Kazu désirait en faire offrande à l'âme de l'ambassadeur, elle se sentirait encore plus humiliée. Elle avait peine à garder son calme en regardant l'employée nouer son ruban avec un soin particulier.

Finalement la veuve regarda carrément Kazu dans les yeux : « Parvenue ! » disait son regard. « Menteuse ! » répondaient les yeux de Kazu. Celle-ci était sûre que lorsque Mme Tamaki serait rentrée chez elle, elle mangerait avec soin les trois oranges d'importation.

— Eh bien, excusez-moi, mais je dois partir. J'ai eu grand plaisir à vous rencontrer. Lorsque vous en aurez le loisir, venez donc me voir avec votre mari.

— Oh! Comme vous êtes encombrée par votre paquet, je vous ferai porter cette boîte. Veuillez en faire offrande au défunt... Elle montrait avec son éventail la boîte d'oranges enfin prête.

— Comment! Mais c'est impossible! Je ne veux pas...

Et Mme Tamaki proférant des paroles inintelligibles s'enfuit dans la rue éclairée par le soleil éblouissant de l'après-midi, emportant dans son bras son petit paquet. La vision des talons pointus des souliers blancs qui s'éloignaient demeurait dans les yeux de Kazu, lui donnant une joie de plus en plus profonde. Elle pensait à un renard blanc qui s'enfuyait.

Yamazaki entra dans le magasin aussitôt après le départ de Mme Tamaki. Son visage portait encore les traces de fatigue de la campagne électorale.

— Vous arrivez tard, dit Kazu d'un ton joyeux en se dirigeant vers le fond du magasin.

Ils prirent place sur des chaises et commandèrent des boissons fraîches. L'employée vint demander à quelle adresse les oranges devaient être livrées. Kazu prononça le nom de Tamaki, puis se faisant apporter l'annuaire du téléphone, elle le feuilleta pour trouver l'adresse.

— Mais... De tels présents sont interdits actuellement! fit remarquer Yamazaki.

— Ne me dites pas cela. J'ai besoin de me changer

les idées. J'ai trop souvent crié : « Nous avons besoin de votre appui ! »

Yamazaki ne pouvait saisir le sens de ses paroles ; il dissimula son expression embarrassée sous la serviette tordue qu'on lui apporta [1].

— Qu'advient-il de l'Ermitage? demanda Kazu d'un air innocent.

— Ah! Cela!

— On l'a loti, sans doute?

— Ce serait la seule solution, parce qu'on en est à une différence de quarante à cinquante millions de yen. J'en ai parlé de tous côtés à des agents immobiliers ; leur conclusion est toujours la même. Si on le vendait tel qu'il est, on en tirerait au mieux cent millions et on ne peut trouver un acheteur sur-le-champ. Un tel parc et une construction aussi imposante...

— Le mobilier est inclus dans le prix?

— Naturellement. Mais si vous divisiez le tout en lots de trois cents à six cent mètres carrés, étant donné que la situation est agréable, il ne serait pas difficile d'en tirer cent quarante ou cent cinquante millions de yen.

— Vous êtes donc d'avis que je devrais lotir?

— Je le regrette, mais je ne vois pas d'autre moyen.

---

1. Selon un usage courant dans les jours chauds, on présente à un invité une serviette plongée dans l'eau chaude et bien tordue qui se déploie sur le visage et procure une impression agréable de fraîcheur.

— Je ne peux parler ni de regret ni de n'importe quoi.

— Je sais bien que le parc et les constructions sont classés comme Trésor national. Cependant... — et Yamazaki jeta un regard inquisiteur sur le visage de Kazu : — Je ne crois pas que vous ayez l'intention de rouvrir l'Ermitage ?

— Il ne peut en être question. J'ai pris trois hypothèques sur la propriété pour un total de quatre-vingt-cinq millions et une de sept millions sur les meubles. Même si le restaurant retrouvait facilement sa vogue, ce n'est pas une somme qu'on peut payer du jour au lendemain. Il n'y a guère plus de quatre mois que j'ai fermé le restaurant mais dans les circonstances actuelles, les gens ont la mémoire courte. De plus, je ne vous en ai pas parlé mais en mon absence il y a eu des détournements dans le restaurant pour environ trois millions de yen. Un malheur ne vient jamais seul... Quoi qu'il en soit, il m'est impossible de rouvrir le restaurant. J'ai clairement promis à Noguchi de vendre l'Ermitage. Après vous avoir demandé de m'aider à le vendre, je ne peux revenir en arrière.

Yamazaki n'avait pas le moyen de réfuter ce raisonnement vraiment correct.

— Que puis-je faire pour vous aujourd'hui ? demanda-t-il en vidant jusqu'à la dernière goutte son jus de raisin glacé.

— Rien de particulier. Je voulais avoir votre avis sur le lotissement de l'Ermitage et vous demander de m'accompagner au cinéma pour me changer les idées.

— Est-ce que monsieur Noguchi garde la maison?
— Non. Aujourd'hui il est parti pour assister à une réunion d'anciens camarades de classe du lycée ou quelque chose comme cela. Il avait peur qu'on dise, s'il n'y paraissait pas, qu'il était honteux d'avoir été battu aux élections. J'ai eu la permission de sortir en disant que j'irais à un récital de danse donné par une vieille amie. Par précaution j'ai envoyé un présent au foyer.
— C'étaient les oranges de tout à l'heure?
— En effet.
— Vous êtes pleine de prudence, madame.

Ils se regardèrent en riant. Puis ils revinrent aux questions d'affaires. Le mois dernier, Noguchi après s'être livré à de longues et pénibles réflexions avait parlé de la liquidation de ses affaires. Il avait décidé de vendre sa maison et son mobilier pour payer ses dettes, de déménager dans une petite maison de location qu'il avait déjà choisie dans le faubourg perdu de Koganei. La fortune de Noguchi n'était nullement négligeable. On devait vendre ses biens y compris la maison et le terrain pour quinze ou seize millions. La vente publique se ferait à l'Ermitage qui était fermé et où l'on avait déjà transporté ses livres rares européens, ses autres livres, ses peintures et des bibelots.

— La vente aura lieu après-demain, n'est-ce pas? demanda Yamazaki.
— Oui. J'espère qu'il ne pleuvra pas.
— Pourquoi?

— Mais il faut qu'ils utilisent le parc. Vous devez le savoir, monsieur Yamazaki.

Ils firent venir un journal du soir et cherchèrent un film qu'ils pourraient voir. Puisqu'ils voulaient se divertir, il fallait quelque chose d'amusant. Oui, mais Kazu détestait les comédies.

Kazu avait la tête plongée dans le journal du soir étalé devant eux, sa joue frottait celle de Yamazaki. Celui-ci regardait avec accablement les doigts blancs et minces, ornés de bagues, glisser sur les colonnes imprimées. « Somme toute, que suis-je pour cette femme ? » se demandait-il. Kazu n'était une amoureuse naturelle que devant un homme qu'elle n'aimait pas, une maîtresse accommodante, simple, capricieuse, gardant un parfum de rusticité. Mais devant un homme qu'elle aimait, son naturel s'évanouissait. Certainement Yamazaki voyait une femme que Noguchi ne connaissait pas. Ils finirent par en avoir assez de chercher un cinéma.

— Je n'ai plus envie d'aller voir un film, dit Kazu.
— Vous n'êtes pas forcée d'y aller. Dans la situation où vous vous trouvez, il est inutile de vouloir à toute force vous changer les idées. Actuellement il vaut mieux que vous ayez l'esprit distrait par toutes vos occupations. Dans quelque temps vous vous trouverez devant un vide auquel vous ne pourrez rien. Un vide contre lequel vous n'aurez même pas envie de lever le doigt.

Ainsi parla l'expert en élections.

A partir du surlendemain matin eut lieu à l'Ermitage la vente des biens de Noguchi. Celui-ci mit en vente la totalité de ce qu'il possédait.

Les gros meubles était disposés sur un tapis étalé sur le gazon. Le soleil était particulièrement chaud ce jour-là. On aurait cru que l'été recommençait. Sur la pelouse, une paire de lits frappaient les yeux des acheteurs éventuels. C'étaient les lits jumeaux dans lesquels Noguchi et sa femme avaient dormi jusqu'à la nuit précédente. Quoiqu'ils fussent recouverts de dessus de lit damassés, ils donnaient aux visiteurs une impression étrangement pathétique, crue. Ils étaient placés au centre de la pelouse, séparés des autres meubles. Sous le soleil ardent du début de l'automne le lustre du damas vert céladon brillait avec une intensité pénible à supporter. Cependant, au milieu des hautes herbes folles qui sentaient le foin, sous les trouées du ciel bleu entre les bouquets de pins, de châtaigniers et d'ormes, les lits paraissaient avoir curieusement trouvé là leur place.

Un visiteur mal élevé lança :

— C'est commode ! Ils feraient bien de laisser leurs lits là en tout temps.

Lorsque le crépuscule tomba l'ombre des branches couvrit les lits ; le chant des cigales du soir les enveloppa.

17

Une tombe dans les nuages du soir.

Rien n'effrayait tant Kazu que les paroles qu'avait prononcées Yamazaki : « Il se produira un vide contre lequel vous n'aurez même pas envie de lever un doigt. » Quand cela arriverait-il ? Dans dix jours ? Demain ? Peut-être était-ce déjà arrivé sans qu'elle s'en doutât ? Ces pensées causaient à Kazu une inquiétude inexprimable. Elle n'était pas certaine de pouvoir supporter un tel vide. Jusque-là elle avait fait nombre de fois l'expérience de ce vide au cours de la moitié de sa vie mais elle prévoyait que, cette fois, le vide serait incomparablement plus profond. Elle s'imagina de toute manière les traits de ce spectre mais elle n'arrivait pas à se figurer ce qu'elle n'avait jamais vu. Quelque affreux que pût être le visage de ce spectre, il valait mieux qu'il en eût un, mais peut-être n'en avait-il pas ?

L'expérience des élections avait ouvert les yeux de Kazu sur sa vraie nature. Elle lui avait disséqué son moi dans lequel elle avait cru obscurément jusqu'alors ; elle lui avait clairement montré ses points forts et ses points faibles, le degré de patience qu'elle pouvait montrer en telle circonstance, jusqu'à quel point elle pouvait s'incliner dans telle direction et toutes sortes de menues particularités. Ce qu'elle savait bien maintenant, c'est qu'elle ne supporterait jamais plus un vide quelconque. Une plénitude même tragique valait mieux que le vide. Un vent du nord qui vous déchirait le corps était préférable au simple vide.

Au milieu de ces tracas, Kazu ne cessait de voir dans sa tête ces mots en lettres d'or : « Réouverture de l'Ermitage. » Il n'y avait aucun espoir, aucune possibilité de modifier la situation présente. Kazu le savait bien. Elle le savait bien mais pourtant ses yeux étaient toujours attirés par un petit soleil qui brillait comme de l'argent dans un coin du ciel couvert. L'impossibilité était la cause de cet éclat. Il brillait. Il était suspendu dans le ciel, splendide. Elle avait beau en détacher son regard, ses yeux revenaient toujours à cet éclat. C'était à cause de l'impossibilité. Quand elle venait de jeter furtivement les yeux de ce côté, tout le reste lui paraissait ensuite obscur.

Pendant des jours, Kazu mit en balance dans son esprit ce vide qui devait se produire et la réouverture de l'Ermitage. Elle avait la réputation d'être prompte à se décider mais elle flotta entre ces deux solutions extrêmement vagues et informes. Dans une telle situation à quoi aurait servi de tirer un horoscope favorable ?

Elle repensa aux événements successifs des élections au cours des mois passés. Ce n'était pas à cause de ses principes politiques que le parti conservateur avait gagné. Il n'avait pas gagné à cause de sa logique, à cause de l'élévation de ses idées, à cause de la supériorité de son candidat. Noguchi avait une magnifique personnalité; sa logique avait de la force; ses idées étaient élevées. Le parti conservateur n'avait gagné que grâce à l'argent.

C'était là une rude leçon, mais ce n'était pas pour recevoir une telle leçon que Kazu s'était jetée avec toute son énergie dans les élections. La croyance à l'omnipotence de l'argent n'était pas nouvelle pour Kazu. Mais, du moins, Kazu en se servant de son argent avait-elle mis en jeu son cœur et ses prières tandis que l'argent de l'ennemi s'était avancé comme une machine qui écrase tout sur son passage. Kazu était poursuivie par cette conclusion : elle regrettait moins de n'avoir pas eu assez d'argent que de constater l'inefficacité de ses sentiments et de la logique de Noguchi. Elle regrettait qu'au cours de la campagne à laquelle elle s'était donnée de toute son âme, tant de larmes, de sourires, de rires amicaux, de sueur, de chaleur humaine, eussent été dépensés en pure perte. Cette constatation agit sur elle comme un choc physique et lui fit perdre la confiance qu'elle avait dans ses pleurs et la magie de ses sourires. Dans le monde de jadis dans lequel Kazu avait été élevée, on croyait de bonne foi que la coquetterie était une arme puissante qui permettait de conquérir argent et autorité, mais après avoir passé par les épreuves des élections, Kazu pensait que ce n'était là qu'un mythe lointain. Elle

portait sur les élections le jugement tout cru que voici :
« La femme était vaincue par l'argent. » C'était le
contraire de ces victoires remportées par des femmes
qui quittent un amant pauvre pour se donner à un
homme riche qu'elles n'aiment pas.

Par une analogie naturelle, une similitude s'imposa
aux yeux de Kazu avec la défaite de Noguchi :
« L'homme (Noguchi) était vaincu par l'argent. »

Kazu éprouvait de la haine et de l'indignation pour
cette force qui avait impitoyablement démontré l'impuissance de la logique, des sentiments, du charme
physique, mais elle s'aperçut bientôt que cet état
d'esprit sans issue était indissolublement lié à l'impossibilité de rouvrir l'Ermitage. Jusqu'aux derniers jours
de la période électorale Kazu avait vécu dans l'attente
d'un miracle qui aurait rendu possible l'impossible.
Maintenant c'était chose morte. On pourrait dire que
son attente d'un miracle à la fin des élections était
certainement celle d'un succès politique, mais la
politique n'avait pas répondu à cette attente et maintenant Kazu avait perdu toute confiance dans la politique.

Mais si ces raisons suffisaient à faire désespérer
Kazu de la politique, elles la conduisirent à penser,
comme Noguchi, que la logique, les sentiments, le
charme physique constituaient toute la politique. En
effet, c'étaient ces seuls facteurs qui s'étaient révélés
inefficaces. Si en un moment où arrivaient des nouvelles désespérées, la politique avait donné à Kazu le

courage d'attendre un miracle, elle ne méritait pas qu'on en désespérât, quel qu'en fût le résultat.

Cette manière de penser eut pour effet de transformer subitement pour Kazu le sens de la politique.

Certes, ses efforts avaient été vains, mais si elle rejetait tout ce qui, décidément, était inefficace et s'en reposait entièrement sur l'espoir d'un miracle, peut-être que l'impossible deviendrait possible et que la politique lui viendrait de nouveau en aide. Il se pouvait que l'espoir d'un miracle que faisait luire son idéal et que ses efforts pour accomplir un miracle né de son réalisme se confondissent dans le domaine de la politique.

Peut-être était-il possible de rouvrir l'Ermitage. Au milieu de ces pensées, une découverte étonnante d'ordre politique naquit dans l'esprit de Kazu.

— Le parti conservateur a vaincu grâce à l'argent. C'est à cause de cela que j'ai perdu l'Ermitage. Il est tout naturel que l'argent du parti conservateur me donne une compensation.

Cette découverte était vraiment splendide.

Choisissant un moment où son mari était absent, Kazu téléphona chez Sawamura In à Kamakura. Sawamura avait été plusieurs fois Premier ministre. C'était une figure monumentale du parti conservateur japonais. Kazu connaissait de longue date sa concubine.

Pendant que Kazu composait le numéro d'appel, le cœur lui battait tout de même.

Sans s'en douter, Kazu s'approchait à ce moment de

ce qui constitue le caractère essentiel de la politique, autrement dit : de la trahison.

Les Sawamura étaient, depuis des générations, des adorateurs de Benzaiten[1]. Par égard pour cette déesse vierge d'une extrême jalousie, In ne s'était jamais marié. Il avait pris comme concubine une geisha de Yanagibashi, Umeme. Pour sauver les apparences il la traitait comme une servante. Umeme était toujours restée à l'arrière-plan et n'avait jamais prononcé un mot en présence de visiteurs. Elle appelait toujours celui qui était son mari de fait : « Son Excellence. »

Umeme répondit à la demande de rendez-vous de Kazu sur un ton naturel :

— Je suis sûre que son Excellence sera heureuse de vous voir, mais il faut que je lui demande le jour qui lui conviendra.

Il fut spécifié que le rendez-vous serait fixé au 15 septembre à onze heures du matin. Cette date ne pouvait être changée.

Le lendemain, Kazu apprit que Noguchi avait fixé au 15 septembre son déménagement à Koganei. Kazu fut atterrée par cette nouvelle. Elle était sûre que si elle manquait au rendez-vous, Sawamura In ne lui en accorderait pas un second.

Kazu réfléchit avec désespoir à la manière dont elle pourrait s'échapper le jour du déménagement. Il fallait évidemment que la maîtresse de maison fût présente au déménagement. La date avait été fixée par Noguchi

---

1. Benzaiten ou Benten est une des sept divinités du bonheur.

seul ; à son habitude il n'avait pas jugé nécessaire de consulter sa femme à ce sujet. Kazu n'avait pas le pouvoir de changer le jour du déménagement.

Pour la seconde fois, la force surgit en elle de prendre une décision aventureuse. La veille du déménagement, elle se rendit à l'Ermitage sous le prétexte d'affaires à régler. Elle appela son médecin habituel qui habitait le quartier, se plaignant d'un violent mal de tête et lui demanda de téléphoner chez Noguchi qu'il valait mieux qu'elle passât la nuit à l'Ermitage. Le lendemain matin elle fit venir de nouveau le médecin et lui fit téléphoner « qu'il lui était de toute impossibilité d'aller aider au déménagement aujourd'hui et qu'elle devait rester tranquille jusqu'au soir ».

Kazu renvoya rapidement le médecin et gardant seulement près d'elle une servante de confiance, elle en envoya deux autres, jeunes, pour aider au déménagement. Elle quitta son lit de malade avec une vigueur remarquable. La servante de confiance, comprenant la situation, sortit des vêtements. Le kimono en crêpe de soie maillé, non doublé, présentait un dégradé sépia orné de valérianes dans le bas. L'obi avait un dessin d'insectes verts et argent brodés sur un fond blanc. Kazu se mettant nue jusqu'à la ceinture commença sa toilette face à sa coiffeuse éclairée par le soleil matinal du début de l'automne. La servante de confiance se tenait près d'elle, retenant son souffle. Kazu pouvait ne pas dire un seul mot. Un simple clin d'œil et l'objet nécessaire lui était donné. La servante devinait que la grande affaire dont s'occupait sa maîtresse ce matin déciderait de son avenir.

En dépit des efforts auxquels Kazu s'était livrée au cours de l'été la plénitude de ses épaules et de ses seins n'avait absolument rien perdu. Seul, son cou, hâlé comme une fleur flétrie, qui émergeait d'un corps à la peau blanche comme neige, avait été brûlé par le soleil pendant la campagne électorale. Le soleil levant qui frappait le miroir avait conservé une ardeur qui était un souvenir de l'été mais les épaules et les seins de Kazu avaient une peau fraîche comme de la glace. La blancheur éclatante de cette peau au grain serré repoussait la lumière et donnait à penser qu'elle recelait à l'intérieur une sombre fraîcheur d'été.

Il était vraiment étonnant de constater combien les années avaient peu marqué la peau de Kazu. Les épreuves de l'âge avaient glissé sans laisser de traces sur cette peau. Cette dernière, calme et tranquille, cachait sous sa souplesse de la vivacité et de la ruse en même temps qu'une plénitude onctueuse comme le lait qui remplirait jusqu'au bord un vase plat. Les pores d'une extrême finesse se dilataient librement aux rayons du soleil levant et rendaient la peau plus exquise que jamais.

— Quelle peau splendide vous avez! Elle donne même à une femme l'envie de la poudrer, dit la servante.

— Je n'ai pas le temps de recevoir des compliments.

Au fond, Kazu permettait et acceptait ces louanges,

mais ses regards se dirigeaient, pleins d'une résolution farouche, au-delà du miroir.

Elle se fit étaler par la servante une eau de beauté sur la nuque qui fut ensuite poudrée. Un fond de teint cacha la partie de son cou qui était brûlée par le soleil et qui tranchait avec le reste. Kazu n'avait jamais consacré à sa beauté une telle concentration et une telle tension d'esprit en aussi peu de temps.

— La voiture est prête à partir à tout moment?
— Oui, Madame.

Kazu donna l'ordre à la servante d'appeler le chauffeur aussitôt qu'elle commença à s'habiller. Le jeune chauffeur arriva et mit un genou à terre dans le couloir. Tout en nouant sa ceinture de dessous, Kazu lui dit en lui jetant un regard sévère :

— Il est entendu que vous ne devez parler à personne de l'endroit où nous allons. Si on le savait il vous en cuirait. Qui que ce soit qui le demande, si vous le dites, vous le regretterez.

En rentrant à l'Ermitage dans la soirée, Kazu était d'une extrême bonne humeur. Elle raconta à sa servante de confiance que lorsqu'elle avait voulu partir, le vieillard de Kamakura, si difficile à satisfaire, lui avait demandé de déjeuner avec lui. Pour enlever ses fards elle se hâta de prendre son bain. Elle revêtit un kimono tout simple. Mettant sur le compte d'un reste de fièvre la chaleur de son bain elle prit tout droit le chemin de la nouvelle maison de Koganei.

Noguchi ne dit rien ; il se contenta de demander des

nouvelles de sa santé et n'écouta qu'à peine la réponse de Kazu.

En voyant comment se faisait l'emménagement, Kazu fut effrayée de nouveau de constater l'indifférence du monde... Le parti réformateur n'avait envoyé que deux employés. On n'apercevait nulle part aucun des jeunes gens qui s'agitaient avec tant d'enthousiasme autour de Noguchi pendant les élections. Yamazaki transportait avec des gestes maladroits un cabinet de service à thé. Seuls l'étudiant-domestique et les servantes de l'Ermitage se trouvaient là.

La maison faisait face aux quais de Koganei près de la station de Hana-Koganei sur le chemin de fer électrique Seibu. La route macadamisée longeant l'autre côté du canal était la grande route d'Itsukaichi. De ce côté-ci, il n'y avait qu'un chemin de terre. L'herbe des talus et les haies entourant les maisons étaient grises de poussière. La maison comprenait sept pièces et un jardin assez grand mais de construction bon marché, elle tremblait chaque fois qu'un camion passait. Les piliers du portail étaient en bois naturel; dans le jardin étaient plantés un saule, un cèdre et un palmier.

Le lendemain après-midi, l'intérieur de la maison étant redevenu calme, les Noguchi firent leur première sortie. Ils se promenèrent quelque temps sur le sentier qui courait parmi les hautes herbes sur la digue et remontèrent le courant de la rivière.

Les seuls souvenirs qu'avait Kazu d'une vie à la campagne remontaient aux jours lointains de son enfance. Sur la grand-route d'Itsukaichi, la circulation était intense, mais sur la petite route de ce côté-ci, à part un camion ou un cycliste qui passaient de temps à autre, on ne voyait aucun véhicule. Ils ne rencontrèrent personne sur le sentier du haut de la digue. Kazu remarqua pour la première fois depuis de longues années combien l'aboiement d'un chien sonne creux au milieu du jour.

Le sentier bruissait des cris de mille insectes. Les barbes des herbes folles qui y foisonnaient éclataient déjà en épis qui balançaient gracieusement leurs têtes argentées. Les feuilles de bambou et les hautes herbes du haut de la digue étaient fraîches et vertes. On laissait pousser librement l'herbe sur les bords du sentier au voisinage d'une rangée de cerisiers et l'on s'imaginait sa luxuriance en été. Elle poussait si dru qu'ils ne pouvaient apercevoir la surface de l'eau. Des deux côtés de la rivière les châtaigniers et les mimosas étendaient leurs branches ; çà et là elles s'entremêlaient et les lianes s'enroulaient autour d'elles. Tout ce que l'on pouvait entendre était le gai murmure de l'eau passant par-dessous. S'ils avaient voulu la voir ils auraient dû mettre le pied dans les herbes du bord de la digue au risque de tomber dans la rivière.

Le sentier était trop étroit pour que l'on pût s'y promener côte à côte, de sorte que Noguchi marchait le premier. Ayant mis en vente jusqu'à sa canne en bois de serpent, il se servait d'une canne grossière en cerisier pour écarter les herbes du sentier. Kazu remarqua que les cheveux de Noguchi étaient devenus complètement blancs par-derrière, que ses épaules avaient vieilli et perdu leur majesté (mais c'était peut-être là le fait de son imagination). Le dos de sa chemise grise faisait penser à un vieux retraité.

Cependant, Kazu savait qu'il affichait délibérément cette situation. Il jouait à dessein le rôle de l'homme à la retraite. Son manque de curiosité au sujet de l'absence de Kazu la veille, l'égalité d'humeur dont il avait fait preuve au cours des tribulations du déménagement, alors que, d'ordinaire, il se serait mis en rage, en bref tout indiquait chez Noguchi une attitude nouvelle. Ayant l'intention de jouir des loisirs que lui laissait la perte de tout ce qu'il possédait, Noguchi voulait découvrir en toute chose des motifs de plaisir. Mais ce n'étaient pas des découvertes qu'il pouvait faire sur-le-champ. Aussi sa gaieté actuelle gardait quelque chose de sa sévérité et de sa logique d'autrefois.

Par exemple, lorsqu'ils étaient partis pour sa promenade, Noguchi loua la pureté de l'air de la banlieue :

— Ah ! C'est vraiment agréable, répéta-t-il à trois reprises, chaque fois avec une expression un peu différente.

Une fois que Noguchi s'était fixé un certain objectif, son esprit ne connaissait pas de repos aussi longtemps que toutes choses n'étaient pas réglées et combinées pour l'atteindre. Il croyait qu'ainsi tout contribuerait à entretenir sa bonne humeur. Tel était du moins ce qu'il rêvait. Un homme qui a des aspirations politiques a des ennemis ; un homme qui a des aspirations poétiques ne devrait pas en avoir. A l'heure actuelle il régnait encore un manque d'harmonie. Il restait encore beaucoup de choses à régler. Mais tout serait bientôt purifié, progressivement, vers une situation harmonieuse et conduirait vers « le calme des cimes » de Gœthe dans son « Chant du soir d'un voyageur ».

Kazu marchait les yeux baissés. Elle remarquait les tessons des bouteilles vertes de limonade ou des bouteilles brunes de bière, enfoncés profondément dans la terre du sentier. Battus par le vent et la pluie ils donnaient l'impression d'être incrustés dans le sol depuis longtemps.

— A la saison des cerisiers en fleur, ces parages doivent être très animés, dit Kazu.

Ces mots interrompirent la rêverie de Noguchi. Toutefois, il avait une réponse toute prête. Il répliqua gaiement :

— Non, il paraît que ce n'est plus ainsi maintenant. Les cerisiers par ici sont bien vieux et peu soignés. Les fleurs ne valent plus guère la peine d'être regardées. Les bruyants visiteurs au temps des fleurs de cerisiers se réunissent maintenant autour des cerisiers du parc de Koganei. C'est ce que m'a dit Yamazaki.

— Eh bien, tant mieux... cependant...

Une sorte de regret traînait dans les paroles de Kazu. Elle-même ne comprenait les raisons de ce regret que d'une manière confuse. Elle rêvait des foules.

Noguchi, arrêté devant un cerisier, piquait sa canne dans les creux humides du tronc.

— Oh ! Regarde ! Il ne se passera pas longtemps avant que tout cela ne tombe en pourriture.

Son geste vif soulignait encore plus son âge. Kazu fut prise d'un saisissement en voyant les ombres que jetaient sur le sourire doux de ses yeux ses sourcils qui faisaient penser à de vieux balais usés. Les paroles de Noguchi, prononcées avec un entrain quelque peu artificiel, pincèrent Kazu au cœur comme des fibres transparentes de verre. Elle regrettait plutôt de n'avoir pas été grondée pour ce qu'elle avait fait la veille.

Le jour précédent, elle était allée chez Sawamura In, en emportant une liste de souscription pour la réouverture de l'Ermitage. Elle avait présenté sa requête, de son ton naturel, en deux temps. D'abord elle avait prié sans ambages Sawamura In d'user de son influence pour obtenir du Ministre des finances et du Ministre du commerce et de l'industrie qu'ils prennent des dispositions spéciales pour consentir un prêt. In réfléchit quelques instants mais objecta que cela lui était difficile ; une mesure aussi arbitraire ne paraissait pas devoir être le meilleur plan pour Kazu à l'heure actuelle.

Alors, Kazu sortit sa liste de souscription. Si le nom de Sawamura figurait en tête, personne ne refuserait de se joindre à lui. Etant à la retraite, il s'excusa avec un sourire forcé de ne pouvoir faire mieux qu'un simple geste. Il fit délayer de l'encre par Umeme puis écrivit en beaux caractères : DIX MILLE YEN. SAWAMURA IN.

La chose n'était encore connue de personne. Une

fois que la liste aurait circulé parmi ceux dont Sawamura avait suggéré les noms : le Premier ministre Saeki, Nagayama Genki et de nombreuses autres personnes du monde de la finance, le secret serait certainement découvert mais pour le moment il était impossible que le bruit arrive aux oreilles de Noguchi.

Aussitôt qu'elle eut obtenu la signature de Sawamura In, ce succès imprévu enflamma le cœur de Kazu. Son énergie flamba, dévorante. Sa joie fut sans exemple. La seule préoccupation, qui ne l'avait pas quittée depuis la veille, était de savoir comment elle pourrait cacher sa joie. Elle résolut de tendre son énergie comme un félin qui emmagasine son excédent de force et de ne montrer que le peu de joie suffisant pour s'accorder avec le bonheur nouveau de son mari, puis de garder autant que possible un visage mélancolique. Toutefois, cet effort qui manquait de spontanéité imposait à ses nerfs une tension inutile. Elle pensa que cette tension devait tenir à son appréhension touchant la magnanimité de Noguchi. La pensée qu'il ne savait rien faisait paraître à Kazu la silhouette qui se promenait en chemise grise, brandissant sa canne, inexprimablement solitaire et pitoyable et elle s'imagina qu'elle éprouverait un soulagement s'il savait. Elle n'avait pas conscience d'être coupable au point de vouloir s'en punir elle-même mais elle espérait un peu que Noguchi comprendrait.

— Regarde ! dit Noguchi en s'arrêtant de nouveau et en pointant sa canne vers l'autre rive.

— Il existe encore de nos jours des échoppes de thé

comme cela ! Ne dirait-on pas que l'on a sorti celle-là d'un théâtre ?

Elle leva les yeux et aperçut sur l'autre rive, face à la route, une échoppe à l'ancienne mode où l'on pouvait manger de l'oden [1] en buvant du thé. Sous l'avant-toit, une porte poussiéreuse dont la moitié supérieure était vitrée indiquait ce que l'on vendait. De la partie vitrée pendaient des bandes multicolores de papier qui portaient en gros caractères : « Oden » « Dango [2] ». Le bas de la porte était couvert d'un tapis rouge.

— Comme c'est charmant ! dit Kazu avec un soupir exagéré d'admiration.

Elle se mit à marcher dans l'herbe qui était couverte d'épaisses toiles d'araignée mais Noguchi les balaya rapidement du bout de sa canne. Les fils s'enroulaient autour de la canne à laquelle ils restaient pendus. Sous les rayons obliques du soleil qui commençait à décliner, ils scintillaient légèrement dans l'air.

A bout de patience, Kazu prononça ces paroles dont elle aurait pu se dispenser :

— Dites-moi, c'est une maison où l'on peut vivre tranquille, mais je crois qu'il faudrait au moins faire refaire la salle de bains. Ce n'est qu'une maison louée, mais nous y sommes pour longtemps.

— C'était aussi ce que je pensais, dit Noguchi d'un air content. En rentrant du golf il me sera agréable de prendre un bain.

1. Oden : ragoût de légumes et de pâtes.
2. Dango : gâteau de farine de riz et de haricots.

— Du golf! Oui, vous m'avez dit que vous y jouiez autrefois quand vous étiez à l'étranger; mais... les clubs?

— J'ai pensé que lorsque ma vie serait organisée, je chercherais dans les magasins d'occasion pour en trouver un jeu, même à bon marché, et je m'y remettrai. Ce qui m'en a donné l'idée est la proximité du terrain de golf de Koganei. J'y inviterai mes vieux amis et, de temps en temps, un ami étranger...

— Voilà une bonne idée! Ce sera excellent pour votre santé. Ne manquez pas de reprendre votre golf. Je pensais qu'après les violents efforts que vous avez fournis, il serait mauvais pour votre santé de n'avoir subitement plus rien à faire.

Kazu l'approuvait, montrant une joie sincère. Il était nécessaire que son mari prît de l'exercice.

Ils arrivèrent au premier pont. S'appuyant sur le tube de fer qui servait de balustrade à ce petit pont insignifiant, ils aperçurent pour la première fois la surface de l'eau à travers l'enchevêtrement des branches feuillues. Le courant était assez rapide, pommelé par les ombres que projetaient les feuilles de châtaigniers traversées par la lumière.

— Cela ressemble à un obi lamé, dit Kazu. Je n'aime pourtant guère ce style.

Noguchi ajouta :

— C'est la première fois que je vois l'eau depuis que nous sommes dans les parages.

Le couple monta bientôt sur la digue et continua sa promenade vers l'amont, face au soleil couchant.

Pendant qu'ils échangeaient ces propos, Kazu remarqua qu'elle voyait toutes choses comme d'une grande hauteur. Elle apercevait deux petites silhouettes : un vieux couple qui marchait sur une digue, au début de l'automne. La chevelure blanche de Noguchi brillait ; les boules de corail des épingles à cheveux de Kazu brillaient ; de temps à autre la canne qu'agitait Noguchi brillait. Les sentiments du vieux couple étaient transparents, pleins de mélancolie, débordant de solitude humaine. Rien d'étranger ne pouvait s'introduire entre eux.

Mais cette manière d'envisager les choses était naturellement pour Kazu un autre moyen de se protéger. Kazu savait que si elle prenait un autre point de vue, son existence tenait en réserve une lame si effilée qu'elle les blesserait sûrement, son mari et elle. Si elle ne regardait pas les choses ainsi, d'une grande hauteur, la scène aimable d'un vieux couple se promenant mélancoliquement se changerait instantanément en un tableau d'une telle laideur que les yeux ne pourraient la supporter.

Il était clair que Noguchi jouissait de chaque instant de cette promenade sereine. Les signes de sa satisfaction apparaissaient de toutes manières, dans ses épaules, dans le regard qu'il jetait de temps en temps vers le ciel, dans sa démarche, dans sa manière de balancer sa canne. Toutefois, Kazu pouvait déceler dans son plaisir ce qu'il y avait de personnel et d'entêté. L'existence de Kazu ne semblait pas du tout lui être indispensable. Tout en marchant derrière lui, Kazu pensait qu'elle devait avoir pour lui la sympathie que l'on a pour un peintre quand on regarde par-dessus son épaule la toile qu'il est en train de peindre. Comme, à l'heure actuelle, elle était incapable de créer des ennuis à Noguchi, elle ne devait pas troubler ses pensées.

La sympathie de Kazu s'étendait à chaque instant qu'illuminait le soleil couchant du début de l'automne. Elle comprenait que Noguchi, sachant qu'il n'arriverait pas une seconde fois à l'état d'esprit bien ordonné et serein qu'il avait atteint, voudrait le conserver à tout prix. Kazu n'avait aucune raison de le détruire maintenant. Elle n'avait aucune raison pour nier que chacun de ces instants, même s'il n'était qu'un leurre, créait l'image d'une sorte de bonheur.

Ils virent que le soleil qui pénétrait obliquement dans un bois de cryptomères sur leur gauche faisait lever entre les troncs des arbres une brume dorée pleine de mystère. Un camion passa près d'eux faisant un épais nuage de poussière. La poussière soulevée errait entre les cryptomères où elle ajoutait un autre voile d'or paisible.

Ils observèrent aussi la splendeur de ce soleil couchant dans la direction de leur promenade. Les nuages du soir, hauts en couleur, donnaient aux bouquets de bois qui s'élevaient çà et là des teintes de légumes frais. Ils brûlaient de lueurs vives, mais il s'en trouvait un parmi eux qui était imprégné des ténèbres de la nuit. Dans ce fragment de nuage, sombre, couleur de cendre, Kazu reconnut la forme d'une tombe. C'était la tombe de Noguchi.

Par extraordinaire, la vision de cette tombe qui émouvait toujours le cœur de Kazu n'éveillait aujourd'hui aucun intérêt dans son esprit. Elle pensait vaguement que ce serait sa tombe et bien que cette tombe lui apparût si loin, indistincte et se traînant dans le ciel elle s'y abandonnait. La tombe s'inclinait, s'écroulait, se dissolvait... Les nuages somptueux qui l'entouraient prirent tout d'un coup la couleur de la cendre.

18

Après le banquet.

En octobre, Noguchi reçut une invitation à dîner des vieux amis avec qui il était allé à Nara pour assister au « Puisage de l'eau ». Kazu n'était pas invitée.

L'invitation était, à n'en pas douter, aux frais du journal. Elle était faite à l'Inase de Yanagibashi. Dans un vaste salon donnant sur la rivière se réunirent les amis aux visages connus : l'octogénaire qui s'assit, adossé au pilier du tokonoma, place d'honneur, Noguchi, le grand journaliste, le critique financier. La maîtresse de l'établissement accueillait chacun, comme il est d'usage, de manière avenante. Cette femme extrêmement intelligente se servait de sa corpulence et de sa gaieté pour se donner toujours un air plaisant, prenant la vie du bon côté.

On parla d'Hollywood.

— Est-ce qu'Hollywood est près de Paris? dit quelqu'un.

— Connaissez-vous l'histoire de Madame au régime du pain? dit une geisha âgée.

La patronne dit d'un air calme :

— Cela ne vaut pas la peine de raconter cette histoire.

La vieille geisha continua :

— Madame voulait maigrir ; alors elle consulta un médecin. Celui-ci lui dit : « Il faut manger du pain chaque jour trois fois, aux trois repas [1]. » Madame réfléchit quelques instants et demanda : « Alors, docteur, faut-il en manger avant le repas ? Après le repas ? »

Tous rirent à cette histoire plaisante. La réunion de ce jour avait pour prétexte de remercier Noguchi des services qu'il avait rendus. L'octogénaire se donnait beaucoup de peine pour lui prodiguer un réconfort.

Au milieu du repas, Noguchi se leva pour aller à la toilette. L'octogénaire le suivit. Une geisha voulut le conduire par la main mais il refusa fermement. A un tournant du couloir il arrêta Noguchi et lui dit avec des hésitations :

— Noguchi, vous êtes peut-être déjà au courant, mais si vous ne l'êtes pas, il faut que vous le soyez, ont dit ces messieurs. En qualité de doyen, je suis chargé du devoir ennuyeux de vous prévenir de cette chose vraiment difficile à dire : votre femme est passée récemment chez divers ministres et des personnalités du monde de la finance avec une liste de souscription pour la réouverture de l'Ermitage. Il paraît qu'elle a commencé par Sawamura In et qu'elle a ramassé

1. Sous-entendu : au lieu de riz.

beaucoup d'argent. Il est probable que vous ne savez rien...

Noguchi l'interrompit brusquement :

— Mais non! C'est la première fois que j'entends parler de cela.

La souffrance de Noguchi apparut clairement à tous les yeux quand il revint au salon. En regardant son visage les autres invités comprirent que l'octogénaire l'avait informé. Voyant bien que Noguchi ne savait rien, ils lui témoignèrent encore plus de sympathie. Malgré tout le tact apporté par ces gens dans l'expression pénible et délicate de leur amitié, Noguchi se trouvait encore plus blessé par ce tact. Il partit de bonne heure. Un message de Kazu lui apprenait qu'elle passerait la nuit à l'Ermitage et qu'elle ne rentrerait pas à Koganei.

Pendant que Noguchi allait à Yanagibashi, Kazu avait un rendez-vous avec Nagayama Genki à Akasaka.

Lorsqu'elle lui demanda à le rencontrer, Genki, apparemment au courant de tout, avait répondu d'un ton léger : « Ah! Je suppose qu'il s'agit de la liste de souscription! » Quoique Kazu eût suggéré d'aller le voir à son bureau, il indiqua le restaurant Shirakawa à Akasaka. Elle était ennuyée de rencontrer Genki dans ce restaurant dirigé par une amie mais finalement elle y fut à l'heure fixée. Elle attendit une demi-heure.

Pendant ce temps la propriétaire vint et entretint Kazu pour lui faire passer le temps, ce qui fut une torture pour elle. La vieille avait entendu des rumeurs concernant la réouverture de l'Ermitage. Elle se déclara tout à fait d'accord sur ce point avec Kazu et lui donna divers conseils.

— En obtenant la signature de M. Sawamura, vous avez réussi un coup de maître. Sans elle rien n'aurait marché. Vous vous êtes donné beaucoup de tracas jusqu'ici, madame, maintenant vous allez récolter les fruits de votre peine.

La propriétaire insista pour présenter à Kazu un devin dont les prédictions étaient remarquablement exactes; cela l'aiderait dans ses affaires. Kazu reçut l'offre sans enthousiasme. Elle avait peur d'une mauvaise prédiction au début de son entreprise et, à la vérité, elle n'avait confiance qu'en son seul dynamisme.

Elles entendirent du bruit à l'extrémité du couloir. La propriétaire bondit immédiatement. D'une voix éclatante elle s'écria :

— Nous sommes lasses d'attendre ! On ne fait pas attendre une dame de cette façon !

On entendit la voix de Genki, indifférente :

— Ce n'est pas une dame, c'est une vieille connaissance à moi...

— Peut-on s'exprimer ainsi !

Assise correctement, Kazu tremblait un peu. Elle était de nouveau assise au milieu de cette sorte de propos plaisants, de cette sorte de familiarité excessive, de cette sorte de mauvaises manières bon enfant. Quelque répugnance qu'elle en éprouvât, elle se trouvait assise là. Genki ne l'avait pas une seule fois traitée comme la femme d'un ancien ministre.

Kazu se sentait maintenant plus près de la politique que lorsqu'elle se trouvait dans le tourbillon d'une violente campagne d'élections. Elle sentit la tiédeur de la politique agir pour la première fois sur ses cinq sens quand elle fut dans l'atmosphère de ces plaisanteries, d'échange de gais propos, de rires de femmes, pleine du parfum de l'encens qui brûlait dans le tokonoma. Ce n'est que dans ces conditions que la politique montrait subitement son visage et accomplissait des miracles.

Nagayama Genki, en vêtements japonais, fit son entrée dans la pièce, salua sans l'ombre de gêne et s'assit à la table de Kazu en face d'elle.

Assise très droit, Kazu regardait avec des yeux clignotants le visage laid de l'homme âgé. Ce visage, dont les muscles avaient l'air de morceaux de glaise accolés, était plein de bosses et de creux irréguliers et absurdes. Son teint rougeâtre indiquait une énergie déplaisante et donnait l'impression de chair luttant contre de la chair. Ses yeux étaient entourés d'innombrables rides profondes mais ils ressortaient comme si les rides n'avaient pas existé. Derrière ses grosses lèvres épaisses, deux rangées de dents artificielles toutes blanches cliquetaient faiblement.

Kazu le fixa et lui lança :

— Démon !

— Oh ! Tu dois avoir autre chose à me dire, dit Genki en ricanant.

— Lâche ! Homme indigne ! Scélérat ! Je sais que c'est à votre instigation qu'a été écrit cet abominable pamphlet : *La vie de Madame Noguchi.* Ce n'est pas la peine de le nier. Il n'y a pas l'ombre de conscience en vous. Vous puez plus qu'un ver qui rampe dans une toilette. Vous êtes un rebut de l'humanité. Vous êtes un fumier débordant de plus de balayures qu'un homme normal pourrait imaginer. Et vous avez pu vivre jusqu'à maintenant sans vous faire assassiner ! Je crois honnêtement que si je vous découpais en huit morceaux, je ne serais pas encore satisfaite.

Kazu s'excitait de plus en plus à mesure qu'elle parlait. Elle se sentait entraînée par ses paroles. Son visage était cramoisi, sa bouche était sèche ; les larmes ne cessaient de couler de ses yeux pleins de colère. Tout en sanglotant convulsivement elle proférait des injures. Elle frappait la table avec une force qui aurait pu casser la turquoise de sa bague. Certes, il lui importait peu de la briser. Lorsqu'elle se déplaçait avec sa liste de souscription, Kazu ne mettait jamais sa bague ornée d'un diamant.

— Pas possible ! Pas possible ! disait Genki en inclinant légèrement la tête.

Bientôt des larmes vraiment incompréhensibles coulèrent de ses yeux et descendirent sur ses joues à travers les profondes rides.

— J'ai compris. Parle encore, dit-il d'une voix pleine de larmes.

Il ferma ses poings couverts de poils roux et essuya ses yeux. Des paroles douces, apaisantes comme pour calmer un enfant au berceau, sortirent de la bouche de ce vieillard laid.

— Je comprends. Tu dois avoir beaucoup souffert, beaucoup souffert...

Genki étendit le bras par-dessus la table et toucha l'épaule de Kazu secouée par les sanglots. A ce moment, Kazu tenait à deux mains son mouchoir étendu sur son visage mais elle sentit son geste et repoussa cette main avec son épaule.

— Allons, ça va, ça va.

La voix de Genki arrivait assourdie parce qu'il s'était penché et avait plongé la tête sous la table basse pour allonger le bras vers un paquet enveloppé d'une soie d'un mauve éteint que Kazu tenait sur ses genoux.

Genki, assis en tailleur, plaça le paquet devant lui et en défit les nœuds. Il en sortit le livre de souscription. Il en tourna lentement les pages de papier épais reliées à la japonaise. Tout en tournant les pages, il s'essuyait fréquemment les yeux du revers de la main.

Bientôt Kazu remarqua que Genki tâtonnait pour chercher le bouton d'appel de la servante. Kazu ayant honte d'être vue par celle-ci, tourna le dos de l'entrée et enleva le mouchoir de son visage.

— Ah! apportez-moi ce qu'il faut pour écrire, ordonna-t-il à la servante lorsqu'elle apparut.

La servante revint et commença à frotter le bâton d'encre sur la pierre. Pour sauver les apparences, Kazu devait cacher ses larmes. Elle sortit son poudrier et s'arrangea le visage. La servante effrayée par l'étrange silence et les larmes des deux hôtes, s'éclipsa dès qu'elle eut fini de préparer l'encre.

D'une belle écriture Genki écrivit : TROIS CENT MILLE YEN. NAGAYAMA GENKI.

Il tira de sa poche intérieure un chèque un peu froissé et le poussa vers Kazu avec le livre de souscription.

— Ce n'est qu'un simple témoignage de bonne volonté. Pour effacer mes fautes je me ferai donner par Yamanashi, à la banque, tout ce que je pourrai. Ce que j'ai fait, je ne l'ai pas fait parce que je te détestais... Je te téléphonerai demain lorsque je saurai ce que Yamanashi peut faire... Il vaut probablement mieux que je ne te téléphone pas chez toi ?

— Veuillez me téléphoner à l'Ermitage.

— Quand je te téléphonerai, je voudrais que tu sois prête à partir immédiatement.

— Bien.

Ayant fait cette réponse, Kazu décida qu'elle passerait la nuit à l'Ermitage.

Le lendemain, tard dans l'après-midi, Kazu ayant vu la personne qu'elle devait rencontrer et ayant accompli tout ce qu'elle devait faire, retourna à Koganei. Kazu s'attendait aux reproches de Noguchi, toutefois, son esprit était calme. La réouverture de l'Ermitage prenait corps, non sans peine : le miracle s'était accompli.

Les herbes folles de la digue de Koganei apparaissaient toutes blanches aux lueurs du crépuscule ; des oiseaux traversaient le ciel encore clair. Kazu se

rappela qu'elle s'était levée très tôt, trop excitée pour
pouvoir dormir. Lorsqu'elle avait fait une promenade,
la première depuis longtemps, dans le parc à l'abandon de l'Ermitage, elle avait entendu le battement des
ailes d'une nuée de petits oiseaux effrayés par son
approche et qui s'étaient envolés des pentes dont le
gazon ne se distinguait plus des herbes sauvages.
C'était comme si le grand air du matin, pur comme du
cristal, avait été brisé en mille morceaux par un choc.

Kazu ordonna au conducteur d'arrêter l'auto au
sentier qui conduisait au pont, à quelque distance
avant la maison. Elle avait peur de s'arrêter devant le
portail. Le conducteur ouvrit la portière de la voiture
et elle avança un pied dont le blanc tabi contrastait
avec le chemin au crépuscule. A ce moment la porte de
Noguchi s'ouvrit et elle vit qu'un homme s'avançait de
son côté. L'homme, qui portait une serviette de cuir à
la main, s'approcha à pas incertains. Comme il
tournait le dos au soleil couchant, on ne voyait pas son
visage. Il paraissait terriblement vieux et quoiqu'il fût
robustement charpenté, il marchait en baissant tellement la tête qu'on l'eût dit sans forces. La lueur
paisible du ciel couchant donnait l'impression des
derniers moments de l'idéalisme. Le soleil qui disparaissait là-bas au bout des champs allumait des
centaines et des milliers de chandelles comme une
lanterne de projection d'idéaux vides. L'homme qui
marchait le dos tourné à cette lumière découpait sa
silhouette comme si elle avait été collée sur la soie
recouvrant la lanterne ; il était comme une ombre

chinoise découpée dans une mince feuille de papier noir et qui dansait sur la soie. Ce ne pouvait être que Yamazaki.

Kazu se rassit sur la banquette de la voiture dont elle ferma la porte ; elle abaissa la vitre et passa la tête, se rafraîchissant le visage au vent du soir. Lorsqu'il fut assez près pour qu'elle n'eût pas à élever la voix, elle l'appela par son nom. Surpris par cette voix étouffée, il leva la tête :

— Est-ce vous, madame ?

— Montez, je veux vous parler.

Maladroit comme un ours, Yamazaki monta dans l'auto et s'assit près de Kazu.

— Vous allez rentrer directement à Tôkyô, monsieur Yamazaki ?

— Oui.

— Alors, utilisez la voiture. Je descends et, de toute façon, l'auto doit rentrer à Koishikawa.

— Je vous remercie beaucoup. J'en profiterai.

Ils restèrent un instant dans la voiture sans parler.

— De quoi avez-vous parlé avec Noguchi ? demanda Kazu en regardant droit devant elle.

— Eh bien, aujourd'hui, M. Noguchi, posant les mains sur les nattes, m'a présenté ses excuses. C'était la première fois que je le voyais ainsi. Je n'ai pu retenir mes larmes.

Le cœur de Kazu battait, plein de pressentiments.

— Pourquoi vous adressait-il des excuses ?

— M. Noguchi m'a dit : « Vous vous êtes donné beaucoup de peine pour régler mes affaires après la défaite, mais maintenant Kazu m'a trahi. Je vous demande pardon pour cette volte-face. Arrêtez toutes les négociations. »

— Quelles négociations ?
— Ne prétendez pas que vous ne savez rien, madame. Ne négociait-on pas pour lotir l'Ermitage ?
— Qu'entend-il par ma trahison ?
— M. Noguchi est au courant de la liste de souscription.
— Ah ?

Kazu fouillait des yeux l'obscurité par la fenêtre avant de l'auto. Une faible lumière tombait du portail de la maison de Noguchi sur le chemin. Une simple ligne d'un jaune pâle demeurait encore dans le ciel. Sur la digue, les cerisiers formaient déjà des masses toutes noires.

— Vraiment, monsieur Yamazaki, je n'ai fait que vous causer des tracas, dit Kazu après une pause.
— Il est étrange de le dire, mais je n'y ai pas pensé particulièrement. J'espère que nous aurons à l'avenir les mêmes bonnes relations que par le passé.
— Je suis heureuse de vous l'entendre dire mais, quoi qu'il en soit, tout est arrivé parce que j'ai voulu agir à ma guise.
— Je le savais dès le début, répondit froidement Yamazaki.

Il vint à l'esprit de Kazu que, simplement pour répondre à une année d'amitié avec Yamazaki, elle aurait dû prévenir au moins ce dernier (à défaut d'une autre personne) de l'ouverture de la liste de souscription. Mais ce secret appartenait à un milieu tout à fait différent de celui où vivait Yamazaki. Au fond, elle avait bien fait de ne pas le dévoiler.

— Il faut que je parte, dit Kazu.

Lorsqu'elle fit effort pour se lever, elle voulut s'appuyer de la main sur le siège ; elle rencontra la main de Yamazaki qui y était posée. Cette main froide, muette, était blottie dans l'obscurité comme si elle était mécontente.

Kazu se faisait des reproches ; d'autre part, elle avait envie de consoler Yamazaki qu'elle abandonnait. Sachant qu'un geste plaiderait en sa faveur mieux que des paroles, elle posa sa main sur celle de Yamazaki et la serra fortement, geste qu'elle ne s'était jamais permis au cours de leurs longues relations.

Yamazaki la regarda avec des yeux étonnés qui brillèrent à la lueur des lanternes de la rue.

Cependant, il n'était pas homme à se méprendre sur ce geste soudain. Il n'aurait jamais cru que la conclusion de l'année qui s'était écoulée depuis qu'il avait rencontré Kazu pour la première fois chez Noguchi dût prendre cette forme. Si ce n'était pas de l'amitié, ce n'était certes pas de l'amour. C'était une relation capricieuse entre deux êtres, et comme Yamazaki avait, avec une tolérance sans limite, conservé son objectivité vis-à-vis de Kazu, on ne pouvait pas dire que Kazu seule était capricieuse. Comme un peintre qui gâte par un dernier coup de pinceau un tableau qu'il a peint avec soin, Kazu avait tout gâté par son geste inconsidéré en prenant brusquement la main de

Yamazaki. Mais ce dernier pouvait aisément pardonner ce geste qui eût été superficiel entre amants, odieux entre amis. Ce qui le frappa davantage, ce fut la force étonnante que recélait cette main douce et chaude comme un coussin de plumes. C'était une chaleur illogique, ambiguë qui n'autorisait aucune protestation, qui cachait une forte puissance de destruction. Elle remplissait sa chair de sa lourde densité : elle avait un poids et une température que rien ne pouvait remplacer, et elle emmagasinait aussi une obscurité.

Finalement, Kazu éloigna sa main.

— Allons, au revoir. Après toutes ces tribulations, je comprends bien votre découragement. Noguchi et moi nous nous sommes débattus dans des sentiments analogues. Quoi qu'il arrive maintenant...

— Quand vous passerez devant un poteau télégraphique, pensez à l'affiche qui y était collée, dit Yamazaki.

— Oui, oui. Je le regrette, mais même dans une campagne aussi éloignée, il y a des poteaux télégraphiques partout.

Yamazaki tapota à son tour le dos de la main de Kazu.

— On n'y peut rien. Tout rentrera bientôt dans l'ordre. Tout le monde se trouve dans le même état pendant quelque temps après un banquet.

Kazu se rappela les reflets vides du paravent doré dans le grand salon de l'Ermitage après un banquet.

Lorsque les lumières rouges à l'arrière de l'auto qui

emmenait Yamazaki se furent perdues dans le lointain, Kazu prit seule le chemin, maintenant tout noir, dans la direction de la maison. Elle hésita un instant devant le portail, incapable d'entrer.

A la fin elle se décida et entra. Elle appela la servante en élevant exprès la voix.

— Le maître a-t-il terminé son dîner?

— Non, Madame, je suis en train de le préparer. Madame dîne-t-elle aussi?

— Eh bien, je n'ai pas très faim, répondit Kazu hésitante.

Elle se demandait si elle pouvait envisager la perspective de dîner ce soir en tête à tête avec son mari.

— Je te dirai plus tard si j'ai envie de dîner.

Noguchi se trouvait dans une pièce de six nattes au fond de la maison. Kazu le prévint à travers la porte coulissante.

— Je viens de rentrer.

Quoiqu'il n'y eut pas de réponse, elle entra et s'assit. Noguchi lisait un livre. Il ne se retourna même pas vers Kazu. Elle remarqua d'abord sa tête, devenue toute blanche depuis les élections, puis la couture du dos de son kimono sur ses épaules maigres; comme toujours il s'habillait maladroitement et la couture avait glissé à gauche. Toutefois, son dos était très loin et même si elle avait voulu remettre la couture à sa place, ses mains n'auraient jamais pu l'atteindre.

— Je suis au courant de tout ce que tu as fait, dit Noguchi au bout d'un certain temps, en restant le dos tourné. Pour toi, tu ne pouvais peut-être pas faire autrement mais pour moi la chose est impardonnable. Tu m'as été infidèle.

— Qu'entendez-vous par là ?

Il y avait du défi dans cette réplique. Noguchi fut surpris de la véhémence de Kazu mais il sentit immédiatement qu'il y avait un simple malentendu dans les mots. Il se tourna pour la première fois vers sa femme et s'expliqua. Il n'y avait aucune violence dans sa voix ; ses paroles étaient calmes mais elle y devinait une terrible fatigue qui contrastait étrangement avec leur noblesse.

Noguchi pensait qu'il ne devait y avoir aucune différence dans les actions humaines, que ce soit en politique ou en amour, que ces actions étaient toutes fondées sur les mêmes principes et que la politique, l'amour, la morale, devaient obéir, comme les constellations, à des lois fixes. Par conséquent une trahison était semblable à toute autre trahison et toutes étaient des trahisons à l'égard de l'ensemble des principes fondamentaux. La loyauté politique d'une femme adultère aussi bien que la trahison politique d'une épouse fidèle représentaient la même sorte d'immoralité. Il n'y avait rien de pis qu'un acte de trahison qui propageait la contagion d'une personne à une autre, accélérant par là l'écroulement de l'ensemble des principes fondamentaux. Selon cette ancienne vue politique chinoise, Kazu en faisant circuler sa liste de souscription parmi les ennemis politiques de Noguchi ne s'était rendue coupable de rien de moins que d'adultère ; elle avait « couché » avec ces hommes.

Kazu écoutait distraitement les paroles de Noguchi. Elle savait que finalement, elle ne comprendrait rien à ses idées. Cependant, sa certitude d'avoir somme toute raison n'était guère inférieure à celle de Noguchi.

Cette affaire avait complètement fait désespérer Noguchi de Kazu. Il abandonnait l'idée de pouvoir rectifier chacune de ses erreurs. Cette découverte si tardive montrait bien le côté optimiste du caractère honnête de cet homme. Noguchi était si aveuglé par sa droiture qu'il ne percevait pas le vrai caractère des choses. Pourquoi avait-il épousé Kazu ? N'était-ce pas parce que plus il prônait ses principes plus il obligeait inconsciemment cette femme à les profaner ?

Noguchi était mécontent aussi parce que, tout en acceptant en apparence sa passion éducatrice, Kazu n'avait pas, en fait, assimilé sincèrement un seul de ses enseignements. Kazu n'avait rien reconnu dans le zèle éducateur de Noguchi qui découlât de ses principes. Elle ne pouvait y voir qu'un signe de son affection. En général il est impossible de changer une personne mûre en lui donnant un enseignement. Lorsque les yeux de son mari brillaient, fascinés par cette impossibilité, Kazu avait le droit de penser que c'était un signe d'affection. Elle avait répondu sincèrement à cette affection avec une calme docilité, ne pouvant rien faire d'autre que de s'accommoder de son mieux de cette passion logique pour l'impossible.

Il est inconcevable que Noguchi ne se soit pas

aperçu de la passion de Kazu pour tout ce qui est en mouvement, de son élan vers tout ce qui vit, de l'ardeur avec laquelle elle se jetait tout entière dans ce qu'elle entreprenait. Il n'est pas douteux que la force d'attraction qu'avait exercée Kazu sur lui tenait à ces qualités, précisément à celles qui excitaient la passion éducatrice d'un homme consciencieux comme Noguchi.

Noguchi exigeait que Kazu fût fidèle à ses principes mais Kazu n'était pas assez présomptueuse pour espérer que Noguchi obéirait aux siens. Consciente de la solitude qui caractérisait sa vitalité, elle savait vaguement qu'elle seule était capable d'agir selon ses propres idées. Elle ne mettait aucune logique dans sa passion. La logique la laissait complètement froide. C'est parce qu'elle connaissait cette solitude dans sa vitalité qu'elle avait toujours peur de la solitude après la mort.

Les paroles que prononça posément Noguchi étaient naturellement faites pour attiser les craintes de Kazu.

— Ecoute-moi bien. Ce sont mes derniers mots. Si tu changes d'idées, si tu abandonnes ton plan de réouverture et si tu vends l'Ermitage, je suis prêt à pardonner ta conduite inexcusable et à repartir sur des bases nouvelles... Si tu dis « Oui », tu te rattraperas de justesse. Mais si tu dis « Non », je pense que tu sais parfaitement ce que cela voudra dire : tu devras comprendre que tout sera fini entre nous.

Kazu vit flotter devant ses yeux l'image de la tombe d'un défunt pour qui personne ne prierait, dans un cimetière désolé. La vision de cette tombe solitaire et abandonnée, couverte d'herbes sauvages, à la stèle croulante et commençant à tomber en poussière, à la fin d'une vie solitaire, porta un coup au cœur de Kazu prise d'une peur obscure et insondable. Si elle ne faisait plus partie de la famille de Noguchi, elle était assurée de prendre le chemin conduisant à cette tombe désolée. Cette intuition de l'avenir s'affirmait avec une précision insolente.

Cependant quelque chose dans le lointain appelait Kazu. Elle était appelée par une vie active, par des journées occupées à fond, par les allées et venues de personnes nombreuses, par quelque chose de semblable à un feu brûlant perpétuellement. Là, il n'y avait pas place pour la résignation pour les abandons, pour les principes difficiles ; le monde était déloyal, les hommes étaient tous inconstants, mais en revanche l'ivresse et le rire y bouillonnaient. Vu d'ici, ce monde apparaissait comme la lumière des torches de danseurs grillant le ciel nocturne sur une colline au-delà de sombres prairies.

Il fallait que Kazu courût dans cette direction ainsi que sa vitalité le lui ordonnait. Rien, Kazu elle-même, ne pouvait s'opposer aux ordres de sa vitalité. Pourtant il était certain qu'au bout du compte cette vitalité la conduirait à une tombe solitaire à la stèle croulante, privée de prières.

Kazu ferma les yeux.

Il était pénible à Noguchi de voir sa femme, assise bien droite, la nuque redressée, qui fermait les yeux.

Noguchi ne connaissait que trop la nature insondable de cette femme mais cette connaissance le gênait. Le mystère qu'il avait devant les yeux était d'une sorte entièrement différente de ce qu'il avait vu jusque-là. Il ne remarquait pas que Kazu était devenue une autre femme.

Noguchi pensait : « Sûrement elle réfléchit à sortir de là selon sa convenance. Elle va peut-être vouloir m'apitoyer avec ses larmes. Quoi qu'il en soit je suis fatigué par cette femme. C'est peut-être un signe de vieillesse mais, en ce qui me concerne, cette fatigue est la seule sensation que j'éprouve. »

Pourtant il était poursuivi par l'attente enfantine et l'anxiété que l'on éprouve quand un feu d'artifice va exploser devant soi.

Noguchi avait ainsi enfermé son ultime décision dans une construction étanche à l'intérieur de laquelle il avait poussé Kazu. Le cours des événements qui avait acculé Kazu au choix entre deux solutions avait été mis en route par Kazu elle-même ; on pourrait dire que c'était moins malgré lui que par suite d'une sorte de fatigue que Noguchi avait construit sa palissade sans créneau. Noguchi sentait que quelle que soit la réponse de Kazu, elle lui conviendrait.

La seule chose que craignait Noguchi était un nouveau revirement, qui n'était pas impossible, dans l'esprit de Kazu, et le tracas qu'il entraînerait. Il montrait, en apparence, des irritations de jeune homme mais il désirait ardemment fixer le plus tôt possible d'une manière immuable son mode de vie pour les quelques années qu'il avait encore à vivre. Il se refusait à des réparations, des améliorations de construction, des modifications apportées aux bleus d'architecte, des refontes de plans. Ni son esprit ni son corps ne supportaient plus toutes sortes d'incertitudes. Tremblotant comme un morceau de fruit dans une gelée, il attendait avec impatience le moment où la gélatine durcirait. Il pensait que c'était seulement lorsque le monde aurait fini de se coaguler qu'il pourrait tranquillement lever les yeux vers le ciel bleu et contempler tout son soûl le lever et le coucher du soleil ainsi que le frémissement de la cime des arbres.

Comme beaucoup d'hommes politiques en retraite, Noguchi avait désiré réserver la poésie pour ses vieux jours. Jusque-là il n'avait pas eu le loisir de goûter à cet aliment desséché pour être mis en conserve et il ne pensait pas non plus qu'il le trouverait bon, mais pour un homme comme Noguchi la poésie se cachait moins dans la poésie elle-même que dans l'appétit tranquille qu'il avait pour elle. En fait la poésie était le symbole de la stabilité immuable du monde. Ce n'est que lorsqu'on saurait que le monde ne changerait pas une deuxième fois de visage, qu'il ne serait plus assailli par l'insécurité, les espoirs, les ambitions, que la poésie devrait apparaître ; il fallait qu'il en fût ainsi.

A ce moment, la contrainte morale de toute une vie, l'armure de la logique devraient fondre et se dissoudre dans la poésie comme une colonne de fumée blanche qui s'élève dans le ciel d'automne. Mais en matière de poésie de la sécurité, Kazu avait une ancienneté supérieure à la sienne ; elle en connaissait beaucoup mieux que lui l'inefficacité.

Noguchi ne comprenait pas qu'il n'aimerait jamais ce qui est spontané. S'il avait aimé ce qui est spontané, il aurait sûrement aimé Kazu avec plus d'habileté. Dans ses promenades il avait plaisir à se trouver parmi les souvenirs que la région de Koganei conservait du Moyen Age et il goûtait ce plaisir en pensant que c'étaient des beautés naturelles mais les vieux cerisiers, les ormes immenses, les nuages, le ciel du soir n'étaient rien de plus que le tableau idéal qu'il s'était tracé en lui-même avec son honnête gaucherie.

Kazu avait toujours les yeux fermés.

A cet instant, Noguchi fut au comble de la perplexité en se voyant installé dans une vie domestique de troubles perpétuels. Il était sûr que même s'il mettait sa main sur l'épaule de Kazu et la secouait, elle ne bougerait pas, qu'elle s'était solidifiée sur place et resterait assise là. Peut-être les années et les mois qu'il vivrait jusqu'à sa mort passeraient-ils dans l'immobilité, peut-être le monde se coagulerait-il non comme il l'avait espéré, mais sous cette forme étrange.

Kazu ouvrit lentement les yeux.

Pendant qu'elle avait les yeux fermés, son esprit avait résolument franchi la montagne et elle était arrivée à la seule réponse possible pour elle.

Elle s'était plongée dans l'obscurité de ses yeux clos et se soumettant peut-être pour la première fois à l'influence de son mari, elle fit une réponse fondée sur une parfaite logique dont elle n'avait jamais fait usage jusque-là.

— Il n'y a rien à faire. Je rouvre l'Ermitage. Je rembourserai tout ce que j'ai emprunté même si je dois y laisser ma peau en travaillant.

A ce moment, Noguchi fut pris de haine à l'égard de Kazu. Il avait passé la soirée de la veille dans un état de rage, mais aujourd'hui, après avoir vu Yamazaki, puis Kazu, sa rage s'était apaisée et il avait pu agir avec une résignation indifférente, froide. Il n'avait pas prévu la haine qui éclata soudain en lui lorsqu'il entendit Kazu prendre avec dignité l'une des deux solutions dont il lui avait donné le choix.

A quelle réponse s'attendait Noguchi? Aurait-il moins haï Kazu si elle avait pris l'autre solution?

Quoi qu'il en soit, lorsqu'il l'avait battue à cause d'actes accomplis sans sa permission au cours de la campagne électorale, il ne l'avait pas détestée comme à l'heure actuelle où Kazu lui avait évidemment volé ses propres armes logiques et était devenue son ennemie loyale.

Contrairement à ses habitudes Kazu n'avait pas montré une larme. Son visage restait frais et son corps rondelet assis très droit avait la stabilité d'une poupée finement sculptée.

Kazu regarda les yeux de Noguchi et elle vit la haine allumée dans sa figure maigre et grave. Ce n'était en aucune façon le regard d'un éducateur ; ce n'était pas non plus le regard réprobateur d'un père sévère et stoïque. En le voyant Kazu trembla de joie.

Aucun bruit n'arrivait du dehors, toutes les fenêtres coulissantes étant fermées. A l'intérieur de la pièce les lumières se mirent soudain à briller ; les étagères à livres et le bureau, si simples, les ciseaux sur la table, la peinture des pauvres meubles, brillaient, tout paraissait prendre un relief plus accusé qu'à l'ordinaire. Les nattes neuves sentaient fort [1].

Tous deux se regardèrent longtemps. C'était la première fois que Kazu pouvait regarder les yeux de son mari bien en face. Les épaules de Noguchi étaient contractées par la colère et il haïssait Kazu de tout son corps. Kazu se demanda avec angoisse s'il n'allait pas s'écrouler.

Elle eut peur. Elle pensa aux divers moyens qu'elle aurait de le secourir. Mais ses mains étaient trop loin de lui. Les forces dont disposait Kazu maintenant n'étaient plus destinées à adoucir l'aversion de Noguchi.

Il en était de même pour Noguchi. Quoique sa haine s'évanouît peu à peu, il savait qu'il ne lui restait que des expédients. A partir du moment où Kazu eut donné sa réponse, sa main ne put plus la frapper. C'était peut-être risible, mais une sorte de courtoisie retenait sa main. Cette courtoisie donnait à Kazu

---

1. Les nattes neuves exhalent une odeur forte.

l'impression d'un suaire humide dont on aurait enveloppé son corps.

Après un long silence, Noguchi dit enfin :

— C'est ainsi ? Alors, je vais demander le divorce. Tu n'as pas d'objection, je pense ?

19

Avant le banquet.

Par consentement mutuel, Noguchi raya le nom de Kazu du registre des familles. Kazu rassembla ses effets personnels et retourna à l'Ermitage. Lorsque la rumeur s'en répandit, les anciens employés de l'Ermitage qui s'étaient dispersés après la fermeture réapparurent les uns après les autres pour être repris. Kazu en versait des larmes de joie.

La maison était en piteux état mais c'était surtout le parc qui se trouvait dans un état terrible. L'ancien maître jardinier amenant plusieurs jeunes aides vint proposer ses services gratuitement pour fêter la réouverture. Il promit de remettre le parc en état aussitôt que possible.

Quand elle avait un moment de liberté, Kazu était heureuse de descendre dans le parc pour y regarder les jardiniers dans leurs travaux qui ne finissaient qu'au soir après avoir fauché les pelouses, taillé les buissons. La nuit, des chouettes ululaient; le jour, elle voyait les silhouettes vigoureuses des milans qui avaient l'habitude de nicher sur la cime d'un pin. Parfois un jeune faisan s'envolait des herbes que l'on fauchait et filait à tire-d'aile vers le fond du parc. Le rhaphiolépis qui avait lancé librement ses branches était parsemé de fruits violets mais il lui restait encore de l'été quelques fleurs blanches fanées qui répandaient un vague parfum mystérieux. Les feuilles écarlates de la haie d'enkyanthes jetaient un vif éclat sur le vieux portail d'entrée.

Kazu, qui regardait le parc reprendre de jour en jour sa beauté première, ne retrouvait pas dans son aspect graduellement ramené à l'état de neuf l'image du parc qu'elle avait connu. Certainement il était le même mais il n'était pas le parc dont elle avait conservé le souvenir comme celui d'une carte minutieusement dessinée, qu'elle connaissait par cœur et qu'elle gardait dans la paume de ses mains. Le parc transparent dont elle connaissait le moindre coin était perdu. Chaque arbre, chaque pierre, à leur propre place, avaient correspondu parfaitement à des sentiments bien connus et bien catalogués dans l'esprit de Kazu, mais cette correspondance était perdue.

Les pelouses étaient tondues et roulées. Les branches qui avaient poussé en lacis confus furent émondées et le ciel apparut. Le visage qui se montrait ainsi peu à peu était aussi beau que celui d'une femme qui s'éveille lentement de son sommeil et de rêves vagues, et ses traits étaient semblables à ceux que Kazu avait connus, mais pour elle aucun point, aucun trait n'appartenaient au monde connu.

Un jour il plut et le jardinier ne travailla pas. Le ciel s'éclaircit vers le soir et l'île dans l'étang, ses épais bambous nains, l'eau, scintillaient au soleil. Une lumière diffuse et incertaine flottait autour de l'étang. Il sembla à Kazu qu'il régnait dans le parc une joie magique qu'elle ne connaissait pas. Un autre matin, le parc était enveloppé de brouillard et les pins qui projetaient leurs branches hors de la brume semblaient confier leurs corps à quelque sorte de souvenirs désagréables.

A cette époque, Yamazaki envoya une réponse à une longue lettre que lui avait adressée Kazu. Elle alla dans le parc ce matin-là voulant lire la lettre à la chaleur de l'été de la Saint-Martin.

L'étang du sud-est resplendissait sous le soleil; le vert sombre, tranquille, d'un énorme arbre à glu, au centre, entouré de majestueux pins, châtaigniers, micocouliers et chênes marquait sur le fond du tableau le point le plus élevé du bois. Les lanternes de pierre, objet capital dans la large perspective des pelouses quand on contemplait la neige, avaient seules pris, au cours de la longue période de fermeture, la teinte calme des choses vieillies. Lorsque l'herbe fut soigneusement fauchée tout autour, elles se dressèrent plus vivantes que jamais. Le ciel était clair et des nuages pommelés passaient entre les cimes des arbres.

Le parc qui avait été tellement replié sur lui-même s'était développé comme des fleurs de papier qui se déploient dans l'eau et il était devenu un vaste parc rempli d'énigmes et de mystères. Les plantes et les oiseaux y poursuivaient à leur gré les occupations de leur destinée. Il s'y trouvait une foule de choses que

Kazu ne connaissait pas. Chaque jour elle en rapportait une, la faisait sienne peu à peu ; elle la pilait dans un petit mortier à médecines ; elle essayait de la manipuler dans ses paumes, dans ses doigts, comme on triture un remède. Toutefois les matières fraîches et inconnues étaient innombrables et Kazu pensait s'en enrichir indéfiniment.

Marchant à travers les raies de lumière qui filtraient entre les arbres, elle s'assit sur un banc voisin et commença la lecture de la lettre de Yamazaki.

« Je vous remercie de votre lettre m'invitant au banquet que vous offrez pour fêter la réouverture de l'Ermitage. Peut-être ne m'appartient-il pas de vous présenter mes félicitations mais, oubliant ma position pour le moment, je veux vous exprimer mes souhaits les plus cordiaux.

« Votre lettre ne fait aucune allusion aux malheureux événements qui ont eu lieu et parle seulement de la remise en état du parc en vue de la réouverture. Je devine bien les raisons qui vous ont poussée à m'écrire ainsi.

« Lorsque je revois comment, au cours des dernières années, votre confiance dans votre connaissance des hommes a été ébranlée, comment au lieu de la paix de l'esprit vous n'avez obtenu que de l'inquiétude, comment au lieu de bonheur vous avez acquis de nouvelles connaissances pénibles, comment lorsque vous avez voulu aimer vous avez appris à connaître les hommes, comment vous avez fini par là où vous pensiez commencer et comment vous avez commencé là où vous pensiez finir, comment vous avez obtenu votre calme insécurité d'à présent après avoir tout sacrifié, je me sens plein de respect encore plus que de sympathie.

« En regardant maintenant en arrière, je ne sais si vous n'auriez pas été heureuse sans les élections ; M. Noguchi aussi aurait sans doute trouvé le bonheur. Toutefois, si l'on y réfléchit bien, on ne peut dire que les élections aient été réellement un malheur, car elles ont brisé tout ce qui n'aurait été que contrefaçon du bonheur et elles ont eu ce résultat que M. Noguchi et vous-même, vous vous êtes montré mutuellement vos caractères dans toute leur nudité.

« J'ai longtemps pataugé dans les marécages de la politique et en fait j'en suis venu à aimer ces marécages. Là, la saleté purifie les hommes, l'hypocrisie révèle le caractère humain plus qu'une honnêteté imparfaite, le vice peut faire revivre, au moins pour un moment, une confiance débile. Juste comme lorsqu'on jette du linge lavé dans une essoreuse centrifuge celle-ci tourne si vite que vous ne pouvez plus distinguer les chemises et les vêtements de dessous, ce que nous appelons habituellement le caractère humain disparaît immédiatement dans le tourbillon de la politique. J'aime cette opération violente. Elle ne purifie pas forcément mais elle fait oublier ce qui doit être oublié et elle fait perdre de vue ce qui doit être perdu de vue. Elle provoque en nous une sorte d'ivresse inorganique. C'est pour cette raison que, quels que soient mes échecs, quelque terribles que soient mes expériences, je n'abandonnerai jamais la politique.

« Vous avez sans doute eu raison de retourner à un sang chaud et à une vitalité humaine et M. Noguchi a eu raison aussi de retourner à des idéaux élevés et à de beaux principes. Il peut paraître cruel de dire cela, mais aux yeux d'un tiers, tout a retrouvé sa place, tous les oiseaux sont revenus sur leur perchoir.

« Quoique l'hiver soit particulièrement tiède cette année, veuillez veiller à votre santé. Après les terribles fatigues mentales et physiques que vous avez subies, vous allez être très occupée maintenant par vos affaires à l'Ermitage. Elles vous distrairont certainement mais prenez autant qu'il vous sera possible soin de votre santé.

« Je serai heureux d'être présent le soir de la réouverture... »

I.	L'Ermitage pour contempler la neige tombée.	9
II.	La Société Kagen.	17
III.	L'idée de Mme Tamaki.	29
IV.	Les loisirs d'un couple.	37
V.	Comment Kazu interprétait l'amour.	48
VI.	Jusqu'au départ pour le voyage.	58
VII.	Le Puisage de l'eau au Nigatsu-dô.	68
VIII.	Le mariage.	82
IX.	Une prétendue vie nouvelle.	96
X.	Des visiteurs importants.	109
XI.	La question principale dans la vie nouvelle.	124
XII.	Collision.	150
XIII.	Un obstacle sur le chemin de l'amour.	163
XIV.	Enfin, l'élection.	173
XV.	Le jour de l'élection.	201
XVI.	Orchidées, oranges, chambre à coucher.	215
XVII.	Une tombe dans les nuages du soir.	228
XVIII.	Après le banquet.	248
XIX.	Avant le banquet.	272

DU MÊME AUTEUR

Aux Éditions Gallimard

LE PAVILLON D'OR.

LE MARIN REJETÉ PAR LA MER.

LE TUMULTE DES FLOTS.

CONFESSION D'UN MASQUE.

CINQ NÔS MODERNES, *théâtre*.

LE SOLEIL ET L'ACIER.

MADAME DE SADE, version française d'André Pieyre de Mandiargues, *théâtre*.

LA MER DE LA FERTILITÉ
  I. NEIGE DE PRINTEMPS.
  II. CHEVAUX ÉCHAPPÉS.
  III. LE TEMPLE DE L'AUBE.
  IV. L'ANGE EN DÉCOMPOSITION.

UNE SOIF D'AMOUR.

LE PALAIS DES FÊTES, *théâtre*.

LA MORT EN ÉTÉ.

LE JAPON MODERNE ET L'ÉTHIQUE SAMOURAÏ.

*Impression Bussière à Saint-Amand (Cher),
le 20 février 1989.
Dépôt légal : février 1989.
1er dépôt légal dans la collection : mai 1979.
Numéro d'imprimeur : 7476.*

ISBN 2-07-037101-8./Imprimé en France.

45770